微阅读
1+1工程

WEI YUEDU

1+1 GONGCHENG

第六辑

比目鱼的眼泪

马孝军

百花洲文艺出版社
BAIHUAZHOU LITERATURE AND ART PRESS

图书在版编目（CIP）数据

比目鱼的眼泪/ 马孝军著 . —南昌：百花洲文艺出版社，2014.9（2018.12 重印）

（微阅读 1＋1 工程）

ISBN 978－7－5500－1042－0

Ⅰ.①比… Ⅱ.①马… Ⅲ.①小小说—小说集—中国—当代 Ⅳ.①I247.8

中国版本图书馆 CIP 数据核字（2014）第 184658 号

比目鱼的眼泪

马孝军 著

出 版 人：姚雪雪

组稿编辑：陈永林

责任编辑：刘 云 杨 旭

出 版：百花洲文艺出版社

发行单位：全国新华书店

印 刷：香河利华文化发展有限公司

开 本：700mm×960mm 1/16

印 张：12

版 次：2015 年 3 月第 1 版

印 次：2018 年 12 月第 3 次印刷

字 数：128 千字

书 号：ISBN 978－7－5500－1042－0

定 价：29.80 元

赣版权登字：05－2015－27

邮购联系：0791－86895108

网址:http://www.bhzwy.com

图书若有印装错误，影响阅读，可向承印厂联系调换。

前　言

以"极短的篇幅包容极大的思想"，才能够以小胜大，经过读者的阅读，碰撞出思想的火花，震撼人的心灵。正因为这样，微型小说成为一种充满了幽默智慧、充满了空灵巧妙的独特文体。

如果说在二十一世纪的头一个十年，是互联网大大改变了我们的生活，那么在我们正在经历的第二个十年里，手机将更为巨大地改变我们的生活。如今，以智能手机为平台，正在构成一个巨大的阅读平台。一种新的阅读方式正不知不觉地走进大众的生活。一个新的名词就此产生，它便是"微阅读"。微阅读，是一种借短消息、网络和短文体生存的阅读方式。微阅读是阅读领域的快餐，口袋书、手机报、微博，都代表微阅读。等车时，习惯拿出手机看新闻；走路时，喜欢戴上耳机"听"小说；陪人逛街，看电子书打发等待的时间。如果有这些行为，那说明你已在不知不觉中成为"微阅读"的忠实执行者了。让我们对微型小说前景充满信心和期待的是，微型小说在微阅读的浪潮中担当着极为重要的"源头活水"。

　　肩负着繁荣中国微型小说创作、促进这一文体进一步健康发展的责任和使命，微型小说选刊杂志社推出了"微阅读1+1工程"系列丛书。这套书由一百个当代中国微型小说作家的个人自选集组成，是微型小说选刊杂志社的一项以"打造文体，推出作家，奉献精品"为目的的微型小说重点工程。相信这套书的出版，对于促进微型小说文体的进一步推广和传播，对于激励微型小说作家的创作热情，对于微型小说这一文体与新媒体的进一步结合，将有着极为重要的作用和意义。

编者

2014 年 9 月

目　　录

敲 门

二狗最烦爹敲门。

年轻人总爱睡个懒觉什么的，正在好梦中或躺在床上想着心事的时候，爹便"砰砰砰"地敲门。好梦飞了，心事也想不成了，二狗好生气恼。起来开门，爹像尊神立在门口："你这狗日的，太阳都晃眼了，你还赖在床上像条懒虫，天上下金蛋也轮不到你。"爹把二狗一股脑骂了个狗血喷头，二狗想说什么，譬如你就不能少管管我之类的话，但二狗有点气短，高中毕业已经三年了一直未找到事做，吃的是爹的，用的是爹的，买条短裤也要爹拿钱，有什么理由去反驳爹，有什么理由去叫爹不要理直气壮？

二狗想摆脱对爹的依赖，那样，看他还敢板着面孔训人不，还敢冷不丁地就来打门不，还敢……

春上的时候，二狗和一个姑娘结了婚。姑娘家底比较殷实，资助二狗在小街上开了个店铺。店铺离家不远，二狗坚决要在店里住，包括吃饭也不回来。"你小子，恨上你爹了。"爹说，有点老泪纵横的样子。二狗抬头，见爹那满是皱纹的脸，二狗有点心动，但只是瞬间。"早知今日，何必当初！"二狗狠狠心走了，他想气气爹，气气爹那别人用了他的钱便该给他当孙子的姿态。爹追了出来，冲二狗背后喊："愣小子，你爹是为你好啊，等你当了爹你就知道了。"爹的话被风吹散，二狗没听见。

爹又来敲门了，那是二狗离家住在店里半年后的事。这年的冬天来得特别早，中秋刚过，天气便一阵冷似一阵，人们都恨不得将火搂了烤。

爹敲门的时候，二狗正和女人绞着。女人出门进了一趟货，途中车抛锚，在路上耽搁了十天。这十天，二狗想死女人了，女人一回来，打

理好货，二狗便拽着女人钻了被窝。天明的时候，冷太阳的余光将卷帘门上的小窗户映得斑斑驳驳的。二狗搂住女人，二狗还不想起床，被窝里热乎，他还想和女人来那事。

"二狗，起床了。"二狗听见爹在门外扯着嗓子喊，同时，爹也把那卷帘门弄得哗啦啦地响。

"是爹呢。"女人推二狗。

"甭理他，他那脾气，就是见不得人清静，在家时，我就领教过，无事找事地吵人。"二狗懒得去理会爹的敲门。

"砰砰砰！"爹把那卷帘门弄得一阵响过一阵，大有不开门就砸破门的气势。

"爹可能是有啥急事呢？"女人一个翻身，将二狗翻在了一边。

二狗没好气地起来去开门。

"什么事呢，大清早的？"二狗开了门，见爹举着手还想打门。

爹一个忽愣，爹指了指东边升起的冷太阳，爹说："太阳都升老高了，你们还不起床？"

二狗有点无名火起，二狗说："爹，你就为这个，为这个就来打门，你差点就把我的门打破了。"

"不为这个为哪个？小子，生意人赚的是起早摸黑的钱，照你们这样子，何年何月才发财。"爹又拿腔拿调来训人了。

"我不发财行啦，我不冲你要钱行啦，饿死也不要你管行啦……"二狗将以往的一肚子怨气冲爹发起火来，爹真是多管闲事，自己已经独立了，不冲他要一分钱，他还做出他那凌驾于一切的样子。

爹的脸被抢白得红一阵青一阵，爹顿了顿舌头，几乎是打着战地说："我是顾客，我拍你门买包烟该不会错吧？"

爹排出十元钱来。

"爹，咱谁跟谁呀！"二狗给了爹一包烟，嗡着声音把那钱给爹塞了回去。

爹收了钱离去，二狗看见了爹那微驼了的背和脑后的几根银针样的白发，二狗有点后悔，怎的冲爹发那样的火，爹千不好万不好，是爹呀。

这年冬天过去的时候，爹病了，而且诊断结果是晚期肝癌。爹临终的时候，拉着二狗的手说："儿子，爹的脾气暴，见不得人闲着，可那是确确实实为你好。自打知道你恨上爹后，我再不敢轻易去敲你的门了。——那天的敲门，我实在是万不得已，太阳都升老高了，还不见你们开门，我怕你们煤气中毒了，那个蜂窝煤，煤气重，焖死人是常事……唉，人老了，话就多，敲门见你们安全就应该放心了吧，怎的还说那么多无用的话……"

二狗忍不住地号啕大哭起来。

很想为你出口气

小梅，大哥想，你一定是受到了某种威胁。

胡天成那个狗日的什么做不出来，就说他公司里的一个员工吧，因为带头上告他强制工人加班不给钱，他就找人在一个黑夜里修理了那员工，把人家腿都剁了一截。

小梅，你别怕，大哥既然领了你的官司，谅他胡天成也不敢胡作非为到那种程度，你大哥，钱没有，权也没有，但你大哥是 S 市响当当的律师，胡天成胆再大，他也不敢"太岁头上动土"，你的官司，是大哥我扛的呢。

小梅，如果你真的怕，你怕大哥的光环罩不到你走动的每一个角落，那好，大哥给你一个去处，大哥在 S 市的某驻地部队有个战友，你可以住到那里去，那里解放军同志昼夜巡逻，他胡天成手再长，手腕再宽，也不敢去部队随便抓人啊。

小梅，你知道吗，大哥为你的官司走访了好多人，大哥我为了得到最真实最可靠的证据，还去了最边远的新疆，塞外的风沙大啊，吹得眼睛都睁不开，但为了找到那两个目击证人，大哥顾不了。小梅，不怕你有想法，在找寻那两个证人的途中，大哥还险些丢了命呢——那条路，没有大车跑，大哥就只得坐一辆摇摇晃晃的三轮车，结果三轮车侧翻！

小梅，你是不是怕大哥打不赢你的官司？大哥告诉你，大哥已经掌握了铁的证据，那些证据足够让胡天成坐上十五年的大牢。小梅，大哥再说句让你宽心的话，就算那些证据还有些欠缺或不尽完美，但根据法庭上的"反证法"，也可把胡天成驳得体无完肤。

小梅，你是不是想到胡天成的社会背景，你怕大哥即使"铁证如山"

也扳不倒他？那大哥告诉你，就算他胡天成有人在省里，你大哥也不怕，一、你大哥是谁，是 S 市有名的律师；二、现在法制健全得很，凭你大哥的三寸不烂之舌，把他胡天成告到最高法院并不是难事。如果这些你都认为还没有"绝胜"的把握，那大哥再告诉你，大哥有很多很多新闻界的朋友，他们可以呼吁，舆论的力量你知道吗，好多判不了的案子都是栽倒在舆论之下。

小梅，大哥分明感到你在退却啊！

你在大哥的窗前已经踯躅很久了，你好像是有什么话要说可又不好开口啊。

你是不是怕付不起大哥的律师费呢？还记得那天吗，你跌跌撞撞地跑进我屋子，听了你的陈述，大哥我就拍案而起：你这官司，我认了，不要钱也帮你打。你是不是怕大哥言而无信？大哥再一次告诉你，大哥不缺你这一桩的钱，大哥是名律师了嘛，大钱没有，小钱还是源源不断的，呵呵。

那你是怕什么，你已经在我窗前踯躅好几晚了啊。

我的窗前，有一小块草坪，那上面分明有你来回走动的印迹啊，走过去，走过来，你心事重重啊！

是最后一晚了。

月牙儿很好，在蓝色的天穹里绽放着笑脸。

大哥我起身舒了舒腰，你的起诉书也全部搞好，明天我便可以提交法院了。

一个长长的身影拖在窗前，你又来了。

这次，你敲了我的门。

我把你放了进来，给你冲上了一杯热茶。

喝着茶，我看见你好几次欲开口说话，可你话到嘴边像又忍了下去。

你忍了好几回，我分明地感觉到了你的不好开口。

我笑着对你说，小梅，你的起诉书我全部整好了，你可以雪恨了。

你终于说话了，你把茶杯放下，涨红着脸说：大哥，我不想起诉了。

我惊愕了——

你一遍又一遍地给我赔着不是，大哥，对不起，对不起，害你劳神

操心了！

我强烈地感觉到你一定是还处在某种惧怕之中，我把那些不怕不怕的理由再一次给你说了个遍。

你低着头，你说，你相信那些理由。

我真的搞不懂了。

你绞着衣角，看也不敢看我一眼，你说，大哥，他答应给我五十万，思来想去，既然事情已经发生了，就现实点吧，把他送进大牢，什么也得不到呢。

小梅呀小梅，我痛心疾首，我想对你说，难道你忘记了他对你的长期强奸和凌辱，你忘记了他的烟头在你身上烙下的一个个印记？

可你已经转身！

你开门而去！

月色仍然很好，月光下，虫们叫得仍很热闹，啾啾的，像在鼓捣什么。望着你拖得长长的身影，小梅呃，大哥想对你说，大哥原本是想为你出口气，把那个禽兽送进监牢的啊！

重要的是把自己嫁出去

那年，那年的杜鹃啼血似的红。

哭泣的我，擦干眼泪，将长发一甩，整了整自己的衣服，提上家里宰年猪的刀，面无表情朝村里王二狗家走去。

母亲颤颤巍巍地拦住了我，姗子，姗子，你不能去呀，现在，现在，现在什么都不重要，重要的是把自己嫁出去。

我像一个慷慨悲歌的壮士，我推开母亲的手，我哽咽着说，娘，你别管我，你让我去，我非杀了他不可。

娘见拦不住我，连忙喊妹，妹帮娘，她们把我生拉硬扯拽了回来，又把我推进了我所住的房间，还落了锁。

闺女，娘心里不是不痛，可你得想想，这事张扬得吗？张扬出去，你一个大姑娘家，今后还怎么见人。因此，因此，你现在的一切冲动都是不明智的，你现在最应该考虑的是，如何挽回这已经发生了的不能改变的事实，也就是如何把自己嫁出去，娘是女人哟！

娘在门外，一把鼻涕一把泪。我倚着门，感到她那肩膀一耸一耸地抖得厉害。

晚上，娘去了王二狗家。

妹向我描述了同去的情景。妹说，娘到王二狗家，娘赔着笑对王二狗的爹说，你家二狗和我家大妮那事咋办？你猜王二狗的爹咋说，他把人的肺都气炸了，他说不就是钱吗，要多少，开个价。娘颤着声音说，可我家大妮是个姑娘呀。你猜王二狗的爹又怎么说，他阴阳怪气的，是个姑娘又怎么样，难道用钱就不能买，现在还没有用钱买不到的东西。娘见王二狗的爹如此轻描淡写，她几乎要下跪地说，我求你了，反正你

7

家二狗对我家妮也有点意思，就让我妮过来吧，她是黄花闺女呢，你家不要她，让她今后如何嫁人？……你家别不是瞧中了我家这高楼大厦吧，王二狗的爹揶揄起娘来。娘被噎得说不出话来……最后，娘被王二狗家的大花狗咬了出来。

妹隔着门向我描述，听得我暴跳如雷。

当夜，我便打破了门。

我直奔乡派出所，我要把那夺去我女人初夜的流氓王二狗送上法庭，还要让他那没有人性的爹受到道义上的谴责。

娘在后面追我，她一边追，一边凄厉地喊，闺女，你别冲动呀，你别冲动呀，她的声音划破漆黑的夜空。我听见娘摔了一跤，好像还摔得不轻，好半天都没听见她爬起来的声音，但我也顾不了。

乡派出所里，我向警官们如实陈述了我被流氓王二狗凌辱的情况。

娘在我快要陈述完的时候，才在妹的搀扶下赶到派出所，她拉住我的手哭，闺女呀，你以后如何做人呐……

王二狗受到了法律的惩罚，去了他应该去的地方，他的爹，也受到了不同的道义谴责。

我呢，我也瞬间成了全村近千户的名人，我走在路上，背后都有人在指指戳戳。

这事过去一年，娘为我领来一个人，娘说，闺女，他是个外乡人呢。

我看看那人，那人冲我皮笑肉不笑的，还鹦鹉学舌地说他不会计较的。

我赶走了那人，就冲他那句话。

闺女呀，你重要的是把自己嫁出去，你还挑什么，人家不嫌弃你就行，女人呀，过了那关，还有什么宝贵的。

娘对着我，又是哭。

我最见不得娘哭，自打经历那屈辱的事后，我发觉娘常常望着我的背影木木地出神，偶然间不经意回头，我都看见她眼里盈满了泪。第二年，我随着打工潮去了广州。在广州，我以我的吃苦耐劳、坚强能干为自己赢得了一个容身之所——某前景不错的公司聘我当了他们的销售科长，年底，还准备提拔我当他们的部门经理。我把我的喜悦写信告诉了

娘。娘回信，娘在信中说，闺女，你取得成绩固然重要，但更重要的，你千万别忘了赶紧找个好人家把你嫁出去……

娘，我想说什么，譬如说娘封建，或者那事并不是我的错之类的，但两行清泪已湿了我的面颊……

小家布衣

小家布衣是我上二十辈的奶奶。

小家布衣其实是有名字的，姓王，名雪白。可我二十辈的爷爷却从未喊过她的名字，他喊她小家布衣。

在二十辈爷爷的眼里，"小家布衣"明显地带着贬义？

小家布衣与二十辈的爷爷，是老人们扯在一起的，要不是老人们包办，二十辈爷爷才不会应允这门婚事。

二十辈爷爷当时也在县试中考中了秀才，用现在年轻人的话来说，他已经具备了腾飞的翅膀，有了进入职场的入场券。

一切都仿佛遥遥在望，一切都仿佛唾手可得，二十辈爷爷像今天的年轻人一样踌躇满志意气风发对前途充满自信。

可命运却偏偏多舛，一试就中了秀才的二十辈爷爷，在乡试考举人中却名落孙山，失去了全国"进士"的机会。

失去了就再考。

再失去再考。

再考……

再考……

古代的科举制度是三年一试，几届考下来，二十辈爷爷就是三十挂零的人了。

在古时候，三十岁不结婚的男人就很难被人接受了，三十岁了还不结婚，是想绝后呀？

二十辈爷爷的爹和娘急了。

一天里，他们就对正在摇头晃脑之乎者的二十辈爷爷说："你得有个思想准备，腊月里，我们要给你娶媳妇生子了。"

二十辈爷爷问娶的谁家女子。

"村东头做豆腐的王老汉的女儿。"二十辈爷爷的爹和娘说。

二十辈爷爷当即就不同意了。

他说，一个做豆腐的小家布衣怎配得上一个大秀才，一个有着大好前途的秀才，一个暂时落寞的秀才。

但不同意也得娶，古时候婚姻包办。腊月里，一顶花轿吹吹打打就进了二十辈爷爷的家。

新婚夜，二十辈爷爷无论如何也不挑新娘的盖头。

盖头是新娘自己拿下来的。

新娘满面泪痕扑通一声跪在二十辈爷爷面前说："求你了，求你把俺落红吧，你要不把俺落红，明天，明天你叫俺如何见人呀？"

新娘说这话的时候，满面的泪痕熠熠生辉，烛光映衬下，一张脸庞，楚楚动人。

也许是三十了还没与女人近距离接触过吧，二十辈爷爷心里掠过一丝颤动，他很快就抱起了新娘……

虽然圆了房，可二十辈爷爷却一直未把这个二十辈奶奶当作自己的女人。

二十辈爷爷吟诗，古时候小户人家的女子不识字，不能唱和。

二十辈爷爷作画，古时候小户人家的女子连砚台也没好好见过，自然不会磨墨。

一番风月空对柳，无人唱和，二十辈爷爷惆怅满怀。

几番诗兴受挫后，二十辈爷爷就对他的婚姻很恼火了，他冲不能唱和的二十辈奶奶说：小户人家就是小户人家，小家布衣就是小家布衣，什么都不懂。

二十辈的奶奶只有委屈的份儿，只能任眼泪在眼眶里打转……

后来，二十辈爷爷就懒得搭理二十辈奶奶了。有了什么事，他都不给她说。

二十辈的奶奶，用今天的话来说，只是充当了生育工具，承担了传宗接代的任务。

再后来，二十辈爷爷就忘记了二十辈奶奶的姓氏，他与她非交谈不可的时候，他就喊她小家布衣。

有朋友来了，他就喊：小家布衣，倒茶。

喝酒喝到兴高的时候，他就喊：小家布衣，倒酒。

好在小家布衣虽然是小户人家的女儿，却也懂得孝顺，却也懂得三纲五常逆来顺受，对二十辈爷爷的呼来喝去，她从未表示过不满。二十年间没有"甜言蜜语"的婚姻生活说长也不长说短也不短，反正是过去了。

二十年后的一天，抑郁寡欢的二十辈奶奶得了重病，弥留之际，她指着她嫁过来时带回来的一箱衣服说："这些衣服，我没好好穿过，我死后也别随我下葬了，你一个穷秀才，手不能缚鸡，留着吧，急时，还可换几个钱来解急呢。"

二十辈爷爷当时并没在意。

话说那一年里，朝廷里的一宰相，因为被小人诬陷，皇帝要拿他全家问罪。

宰相一家出逃到了二十辈爷爷当时所在的村。

天气很冷，宰相家的女眷们在寒风中牙齿打颤。

宰相家的管家暗地里全村地打听有没有女人们没穿过的衣服。

问到二十辈爷爷家的时候，二十辈爷爷想起了二十辈奶奶临终时说的那些衣服。

于是宰相家的女眷们就穿上了崭新的衣服。

第二年，宰相的官司得以平反。

回到宰相府，烤着暖暖的火炉全身温暖的时候，宰相的老母亲，宰相的夫人，宰相的千金们，就想起了那些衣服。

想起了那些衣服，就想起了提供衣服的人。

宰相的老母亲就对宰相说了。

宰相就派人下去查。

一查，宰相知道了二十辈爷爷是个屡试不第的穷秀才。宰相就保举二十辈爷爷做了知县。

再后来，二十辈爷爷政绩卓著，升了知府。

再后来，二十辈爷爷官做到了一省的通判，成了我家祖宗牌上也是我们那县历史上最为光耀的人。

保护局长的包

　　局长在国外打工的小舅子给局长寄来了十万元。局长喊上小刘和小张，"走，给我保驾护航去。"到了银行，取出钱，局长拿出两个包，"现在治安不大好，为防止意外，咱们把钱分开来装，一个包五万。"把钱分装好，局长让小刘和小张各拎一个，局长说："不好意思了，麻烦你们了。"

　　小刘拎着那包，就像拎着自己的心肝，这可是局长的钱啊，咱得保护好，必要时，不惜牺牲自己的生命！说倒霉就倒霉，活该小刘倒霉，三人走出银行大门的时候，就有一个五大三粗的汉子一把抢过了小刘手中的包。那包里可是局长的钱啊，小刘拔腿就追。追，追到一个转弯处，抢劫的汉子无路可逃，就拔出了身上闪着清光的匕首，"你再逼过来，老子就放你的血了。"追红了眼的小刘才没考虑抢劫者威胁的话，他一步步逼了上去："放下包，我不追究你。"抢劫者见吓不着小刘，就冲小刘挥舞起匕首来。小刘一阵躲闪，但他的手臂还是被匕首给擦伤了，都有血流出来了呢。这时候，局长和小张赶上来了，抢劫者见对方多了帮手，就丢下包翻墙跑了。"小刘，看不出来，你还有几刷子呢。"局长对小刘大加赞赏。小刘腼腆一笑："顾不了，就想着把钱夺回来。"

　　重新拎了包。走出那个转弯处，有一家很像样的餐馆，局长说："追这一阵，肚子还真饿了，进馆子整点东西吃吧。"小刘和小张遵命，三人进了馆子。在馆子里，局长喝了点酒。喝了点酒的局长很快就有了酒意，他给小刘和小张说："不好意思，今天这钱还得麻烦你们给我保管一晚上啊，老婆不在家，我又喝醉了，要是晚上有盗贼光临，我还真没办法啊。"小刘和小张忙不迭地说："局长，没什么的，你的事就是我们的事，

我们保证明天一分不少地交给你。"局长睁着酒意醺醺的眼睛："说什么呢，不相信你们，我也不会把包交给你们。"

来说小刘回家后的事。小刘回家后，把包放进箱子里，就急忙进卫生间处理被划伤的手臂，早先的时候，没觉得痛，这时候，觉得痛了呢。处理好手臂，走出卫生间，小刘看见老婆正在数他拿回来的包里的钱。"你发大财了呀！"老婆睁着放出异彩的眼睛。"这钱你不能动。"小刘冲老婆没好气地说，"就记得钱，也不关心老公为什么受的伤。""为什么不能动？别不是哪个富婆包养你的吧。"老婆嘴不饶人。"说不能动就不能动。"小刘没好脸色。老婆把钱放进了包，然后嘟囔着把包还了回去。一夜无话。第二天，小刘拎了包去上班。在路上，小刘禁不住打开包看了一下，这一看，小刘大吃一惊，包里五沓钱少了一沓。小刘急忙往回转。进屋，小刘就叫老婆把钱拿出来。老婆说没拿，小刘"啪"地给了老婆一耳光。老婆拿出了钱，捂住嘴就哭："死鬼呀，你有外心了，有钱也不拿出来共享。"看到老婆哭得很是伤心，小刘觉得有点过意不去，就给老婆说："我说这钱不能拿，这钱是局长的，昨天我为保护这钱，差点老命都丢了呢。"老婆捶打着小刘："你个闷头鬼，你咋不早说呀，咋不早说呀。"

从老婆手里要回了钱，小刘拎着包到了单位上。

局长已经笑呵呵在等他了，局长一边接小刘递过来的包一边给周围的人说："咱们小刘呀，真是勇敢，昨天……"

小刘感觉到很不好意思。同时，他也想，看来局长对自己是有好感了，嗨，看来昨天那点皮外伤没白挨！

这年局办公室主任改选，小刘和小张都是很有希望上的人。

小刘想，就凭自己拼命保护局长的包受伤，局长该考虑咱啊！

小刘翘首盼望等——一月后公布结果，主任是小张。

小刘好气馁，他妈的局长不认人啊，老子为他妈的五万元差点老命都丢了。

小刘老婆听了小刘落选的消息，这女人是个市井女人，就跑到小刘单位来撒泼："哪有你这样的局长，俺老公为了保护你的五万元，差点丢了命，你看，还把俺打了，五个血手印都还在呢，呜呜……"

局长秘书大李把小刘老婆拉在了一边："你嚎什么嚎？局长给了你男人机会，你男人不去争取，怪得谁？"

"谁说我男人没争取，为保护包……"小刘老婆狠狠地说。

大李手拢住嘴悄悄地给小刘老婆说："人家小张往还回来的包里多放了三万元。"

"我的傻老公啊，你卖什么命哩！"小刘老婆骂起小刘的傻来。

懂 你

她说，她已经感觉到那孩子会动了。

——题记

医生对她说，你这病得赶快吃药，而且是大剂量吃。

医生说着就拿起笔准备给她开药。可是我，可是我，她的脸涨得通红。

我什么我，你们这些女孩子就是害怕吃药，好像吃药会要了你们命，医生没好气地对她说。

她见医生误解了她，就说，医生，我已经是怀孕的人了，我怕这些药给未来的孩子造成伤害。

医生一阵沉凝，问她：几月了？

她告诉医生：三个多月了。

医生又问她，你怎么不早说，差点就下错方子了。

她绞着衣角，脸又涨得通红。

医生理解了她，第一次怀孕的女孩子，大姑娘嘛，从孩子一下就要变成母亲了，都难以启齿，都很害羞。

医生为她研究方子，一种既能治好她病又能对她未来的孩子不构成伤害的方子。

思索了好一阵，医生脸色严峻地对她说，抱歉，你这种病实在找不出能两全其美的药。

这种药是不是不安全？她急着问，医生的脸色告诉她，这种药有问题。

这种药的毒性最大，孕妇忌服，如果误服了，将来生的孩子会留下许多后遗症，诸如脑瘫痴呆等就很常见！

她紧着问医生，我这种病如果不吃药会发生什么恶果？

医生两手一摊无可奈何告诉她：只会越来越严重，最后癌变！

她一下像沉入了万丈深渊——

接下来，医生就劝她先把孩子拿掉，然后抓紧时间吃那对她的病有独特疗效的药。

可我，可我……

她逶迤着身体离去。

她一步三移回到了家，她把看病的情况告诉了丈夫，还委婉转述了医生的话。

丈夫想都没想就说：拿掉，赶快拿掉，保命要紧！

可我，可我……

我什么我，丈夫很爱他的妻子，丈夫生气了。

可我已经感觉到他在动了，一个好鲜活的生命呀，一个好可爱的精灵，他长什么样，我都想好了，要一下把他扼杀掉，你叫我怎么忍心，我是母亲呀！

她涕哭着一下说出了"可我"的话。

丈夫一阵沉思，她说的话不是没有道理，那是一个生命呀，那生命都会动了！

但理智还是让丈夫选择了大人，他想，不能为了孩子就把大人给弄丢了呀，更何况那是一个还未见面的孩子，他以后的人生如何，譬如会不会夭折，都还是个未知数呢。

于是丈夫就宽慰女人：你，不，应该是我们，我们都还年轻，以后有的是机会……

她就哭——

第二天，她去看了另一个医生，她不相信，就没有两全其美的办法。

她是高兴着回来的，回来的她，一进门就对正忙活着的丈夫说，有救，有救，今天的医生说昨天那医生有点谈癌色变了，有点言过其实了！

丈夫丢下活计，惊喜地拉着她：真的！丈夫也很想保这孩子的，这

孩子已经会动了，不到万不得已，不到山穷水尽，谁舍得呵！

丈夫怕她说谎，还亲自去问了那医生。

那医生说的跟她说的一样。

丈夫不放心，又说，医生，你可别谎俺。

医生一下就生气了，说，你这人真怪，要我说你老婆马上死你才舒心。

半年后，她生下一个可爱的小子。

生下了孩子的她，不到半年，就撒手人寰，死因是癌症晚期。

她的丈夫怒气冲冲找到后来的那医生：你不是说她没事吗？

那医生动容地说：是她求我说的，她怕你逼着她去打胎，她说，她已经感觉到那孩子会动了。

多少年以后，也就是在我突生一场大病后，我怕吃苦药的时候，父亲告诉了我她的故事。

她就是舍身救我，而我未曾来得及报效的母亲！对着她的遗像，我泪如滂沱地唱："你静静的离去，一步一步孤独的背影，多想伴着你，告诉你我其实多么的爱你……把爱全给了我，把世界给了我……"！

钱 殇

男人是被女人逼着出去的，女人要不逼，男人还不想出去呢。

男人觉得自己小日子还不错，男人是个很容易满足的人，他供职于乡上一小砖厂，每日里为小砖厂写写画画，到月底，小砖厂就给他一千二百元，这钱虽然不多，但比起面朝黄土背朝天，一天劳作下来不值二十元的农民，那就好多了；对啦，小砖厂的工作清闲，他还可以悠哉乐哉写上一首小诗或一篇小说，然后，把这些东西投出去，就在期待中等着发表的喜悦——男人是个文化人，文化人对金钱的要求都不是太高，只要能过日子就行！

可女人就不这样看了。

其实女人也不是太看重金钱的人，只是，只是周围环境的变化，让她对金钱不得不关照起来。

村东头李二五家的房子已经立起来了，那房子五楼，是村里最高的标志性建筑。李二五的女人，那个摇着个肥屁股的女人，一天里就把她家的房子修了几十万挂在嘴边。

还有村西头刘赖狗家，房子虽然没有李二五的高，但人家那个装修，豪华呀，他的女人，那个瘦得像只麻雀的女人，也是三句话不离她家的装修花了多少钱。

如果这些女人都能忍受的话，有两桩事，女人实在是忍受不了。

一桩是女人回娘家，她原先的那些闺中密友来看她，女人们在一起，还不是比这比那的，譬如你的金项链有多重，你穿的衣服值多少钱，又在镇上的哪家美容院搞了包月……这个时候，就是女人最悲哀的时候，她几乎没有一样拿得出手的东西，男人的那点钱，实在是太少了，想要

消费那些东西吗，把嘴巴儿闭着不吃都不够！

还有一桩，就是自己的小舅子结婚，大姐夫，二姐夫，三姐夫都一个比一个能的送上五千八千一万，可自家个，手里只有一千元呀，这一千元，在手里捏出汗来都不好意思拿出去呢！

这么些实实在在的现实，让女人不得不考虑起金钱的重要来，女人甚至开始怀疑自己当初和男人那"只要感情在，不怕吃酸菜"的爱情是不是选择错了。当初，女人喜欢男人，女人家里人都反对，说，那么一个只会写几句诗或小说的人，你喜欢他有什么用呀，他能带给你什么呀。女人一咬牙，挺浪漫地说，我们是只要感情在，不怕吃酸菜，我就喜欢他能写，读着他写的东西，我就着迷……

女人在外受了"羞辱"回到家，看到男人还在自个沉醉爬他的格子，女人就有点气不打一处来。

"你羞不羞呀？"女人眼泪都出来了地说。

男人一愣，男人丈二和尚摸不着头脑说："我羞什么羞呀？我一不抢二不偷，我还诗书传家高雅着呢！"

"你也不睁眼看看外面都什么变化了呢，你也不看看你的女人，她，她……"女人不好说下去了，再说下去，就太露骨了，就太伤感情了。

男人总算明白了女人的意思，他惆怅地站了起来，他拉住女人的手，他说："雪儿，雪儿，我冰清玉洁的雪儿，我不染世间烟尘的雪儿，你是不是怀疑当初你对我的爱恋了，你是不是后悔了，你是不是不再爱我了？"

"我说不过你。"女人别过脸去。

第二天，男人就辞了小砖厂的工作，他要南下打工挣银子。

女人没送男人，她只觉得心里乱七八糟的。

半年多后，也就是在打工者们都忙着赶火车回家过年的时候，男人从千里之外打来了电话。

"雪，我今年不回来了，你也不要一个人在家里过了，你就来我这里吧，我现在可发了大财呢。"

女人握着电话，女人的手都有点发抖，鬼男人，不逼他，他还不出去呢？

女人就按照男人提供的地址坐了汽车坐火车往男人打工的城市赶。

男人发财的地方是在一家医院里，女人看到男人的时候，男人正躺在医院的病床上，他的一只裤管空荡荡的。

"雪，像我这种人，只会写点小诗，要发财，发大财，就只有找车撞了。"男人脸上挤出笑来说。

女人哭得声音都哑了……

活下去的勇气

他是一个瞎子，他的眼睛在十多年前就因为一场大火而瞎了，他的妻子也因此失去了双腿。

小时候的儿子没觉得他们是耻辱，小家伙在他们给予了无尽的母爱和父爱的同时，也在尽可能地帮助他们，给他牵打狗棒，给她递拐杖，他们一家都沐浴在爱的阳光里！

儿子的变化是在个头一下子蹿高后，这年，儿子十二岁。十二岁的儿子，突然发觉了自己的家庭与众不同。看到别人的父母，再看看自己的父母，儿子就有了深深的耻辱感，尤其是在受到别人的嘲笑后，儿子的耻辱感更深了。对着夕阳，儿子常常想：为什么我没有一对漂亮的父母？

这天下着雨，儿子第一次没有给爸爸牵打狗棒，妈妈就架着双拐去牵。先是妈妈在雨中摔倒，失去了双拐的她只能在泥水中爬。然后是没人牵的爸爸跌倒，他在地下一阵乱摸，身上跟妈妈一样沾满了泥浆污水。

看到双亲的艰难状，儿子的心头浮过一丝颤悚后就止不住地想，是什么促使他们活下去的？自己要是跟他们一样，早就跳崖或吃药了活在这世上做什么，造孽呀！

回到家，儿子问了想问的问题：爸妈，你们都这样了，是什么力量支撑着你们活下去的呀，要是换成我……

爸爸先是一愣，然后说：你以为我想活？

妈妈也是一愣，然后说：我的想法跟你爸爸一样。

那？儿子跟着问。

但他们不开口了。儿子无法控制地想要知道答案，于是，他去问了

邻居。

邻居摇了摇头，说：那场大火，烧瞎了你爸的眼睛，也烧掉了你妈的双腿。他们都很绝望，已经商量好了要一起投湖，就在他们准备死的时候，却意外地怀上了你！孩子，你就是他们活下去的勇气啊！

儿子顿时愣住了。他回到家中，紧紧地抱住父母：爸，妈。对不起，你们打我吧……

一定要卖车

　　幸子大学毕业后就说她要去卖车。幸子的爹一脸严峻找到幸子，说："闺女，你那么高的才学，你去卖啥车啊？陷在车行里，你十几年的寒窗苦读白读了！"

　　幸子态度很坚决："爹，你甭管了，我已经长大了，我会选择好自己的路。"

　　幸子的爹见说不动幸子，就给幸子说起了一件伤心的往事："幸子，你知道你娘是怎么死的吗？"幸子说："知道。我娘是十年前给人家卖车被轧死的，那天的天气我记得，天气很阴，有个老板瞧上了一辆车，试车，那老板不小心，就把我娘轧了。""那你还卖车？"幸子的爹反问幸子。"爹，这哪跟哪啊？"幸子一跺脚，不再理睬爹。

　　幸子的爹去找了幸子高中时候的同窗好友燕子，幸子爹给燕子说："燕子，你去劝劝幸子吧，我可惜她十几年的寒窗苦读啊，卖个车哪能要那么高的文化？"

　　燕子告诉了幸子爹一个秘密："叔，幸子是和车行里的一个小伙好上了。"

　　感叹一阵"女儿大了，有什么心事都瞒着爹"，幸子爹就按照燕子提供的车行名字去瞧起未来的姑爷来。

　　小伙是个不怎么养眼的小伙，个字不高，穿着也不甚讲究，还戴个大眼镜，透过镜片，看见那眼睛都快成一条缝了。

　　幸子爹大跌眼镜："咱闺女要模样有模样，要才学有才学，咋能嫁给这样一个傻了溜秋的人呢？"幸子爹就约了小伙在一个酒馆里谈话。小伙听明了幸子爹的意思，哈哈一阵大笑："叔，我也是有家室的人了。"弄

了个灰头土脸，幸子爹向小伙请教起来："你说，我闺女咋就选定了一定要卖车呢？"小伙手一摊，说："我也不知道，我也劝过她，但她九头牛也拉不回。"

走出酒馆，幸子爹就想起幸子高中的李老师来，对，就请李老师来劝劝幸子吧，李老师的话，幸子是最听的，记得有次幸子说要出走，还是李老师把她劝回来了呢。

李老师去劝了幸子，李老师给幸子说："幸子，不是老师说你，你这么做，简直是浪费资源。"

"老师，你信不信我会做大做强？"幸子一脸恭敬地给老师说。

于是老师就反过来劝幸子的爹："年轻人有他们自己的路，我们做长辈的都别管了，随她们闯去。"

是二年后的事。

二年后的一天，幸子开着一辆宝马回了家。

幸子爹迎了上去："闺女，看你开回来的这车，你卖车卖到公司的总经理级别了吧。"

幸子嘴一嘟："爹，总经理级别算什么，还不是给人打工，你闺女才不干那苦差使呢。"

幸子的好友燕子来拜访幸子："说说，怎么开上这车的？"

幸子就凑近燕子的耳朵，把个燕子听得连说高、高。

幸子走的时候，燕子就辞了工作跟上了幸子，她说她也要去卖车。

一年后，燕子也开上了宝马。

燕子的一些表妹来看燕子，她们问到燕子是怎么卖的车，快嘴的燕子就说开了："卖车，其实是个苦差使，光就给顾客推荐一事，就得磨破嘴皮，但卖车有个好处，那就是有些老板来买车，他们看到卖车的长相不错，就会连人一起买了。"

燕子最后捂了嘴给那些表妹们说："这个好处，你们可别到处张扬去说，参与的人多了，竞争就强烈了，竞争强烈了，就不值钱了。"

跳　崖

我要说的爱情，有点传奇。

传奇爱情中的主人公，是我们乡的熊奶奶。

熊奶奶年轻的时候曾经喜欢过一个人，可那个人一去不复返。

为了守那个男人回归，熊奶奶就在我们乡山上的一个破洞里住了下来。

这个破洞，处于山的最高处，站在洞口，可以望见很远很远的地方，大海一类的东西，都能模糊看见。——熊奶奶每天就站在那洞前，山下的人们，能依稀看得见她的身影，以及风撩起她的衣袂，都能感觉到。时间久了，人们看熊奶奶，就像看长江三峡还没筑坝时的神女峰！

熊奶奶选择这样一个地方等心上人，那是别有用意。听与熊奶奶一辈的人说，熊奶奶与那个人就是在这个地方认识的。那是三十年前，村里来了一个搞地矿勘探的小伙。一天，这小伙在山顶上敲敲打打，一块松动的石头，突然落了下来，小伙当即就被砸中了，而且还晕了过去。这事刚好被正在山顶采茶的熊奶奶看见了，熊奶奶扔了茶筐一路小跑，跑到小伙跟前，此时天正要下雨，熊奶奶就把小伙背到了山洞里。一阵雷雨，小伙悠悠醒来，醒来的小伙，发现自己竟然躺在一个散发着少女气息的女人怀里，小伙马上就为山里人的朴实所感动了，暗地里就爱上了明眸皓齿的熊奶奶。再说熊奶奶，小伙醒了后，她看看雨过放晴的天空，就把小伙一步一挪地背回了山下的家，她给小伙找来治伤的药，精心地照料小伙，山里人就这样，朴实得不讲报答。这事情奇就奇在这段时间，这段时间，熊奶奶爱上了小伙，小伙给熊奶奶讲山外的世界，小伙教熊奶奶识字，小伙……小伙的谈吐，小伙的气质，让熊奶奶深深倾

倒！——小伙与熊奶奶，熊奶奶与小伙，就这样一见倾心爱了起来。小伙养好伤，也到了归城的日子，小伙向熊奶奶许诺，他会来接她进城的，要熊奶奶一定要等他。分别那天，他们还故地重游，来到了他们初识的那个山洞，二人海誓山盟海枯石烂！

小伙不知什么原因自那天与熊奶奶一别后就没再回来过，这可苦了痴情的熊奶奶——她每天里都要爬到他们初识最后话别的那个山洞口张望，那地方站得高望得远，如果那小伙一出现，总是能第一眼瞅见！一天，两天，一年，两年……熊奶奶望眼欲穿，那小伙总是没在天的尽头出现。这个时候，就有人劝熊奶奶了，"闺女，别傻等了，人家逗你玩的呢，你也不想想，人家一城里人，能瞧上你一农村妹子吗？"熊奶奶不说是也不说不是，她的眼里，仍是期盼，一汪泪水的期盼。后来问的人多了，熊奶奶就干脆卷了铺盖上了山，一个人到那山洞里住了起来。

熊奶奶这一住就是三十年，其间，有好多好心人，包括熊奶奶的父母，大家都苦口婆心的去劝，尤其是熊奶奶的父母，以死相胁，都撼不动熊奶奶的心。

时间的车轮转到了2007年，这一年，我们所在的乡新来了一个大腹便便的乡长。

乡长来的那天，他的车经过山前，乡长一抬头，乡长就看见了山顶上的风景，乡长就对开车的司机说："你们这地方好呀，长江三峡的神女峰都给你们搬来了。"

司机就把熊奶奶的事给说了。

"世间竟有这样的事？"乡长感到奇了。

过了些日子，乡长就带了乡政府的一帮人去看这世间奇事。

看着看着，乡长眉头就紧锁了。

又再过了些日子，乡长对手下的人说，那个老太婆住山洞的事影响不好啊。手下的人问为什么。乡长说："住山洞，都什么年代了啊，这么个年代了咱们乡都还有人住山洞，上面会以为我们没抓扶贫工作呢，会说我们乡的经济腾飞是造假呢！"乡长最后说："老太婆住山洞会把我们全乡领导干部的脸越描越黑，严重点，可能会把我们的乌纱给撸了。"

于是在一个中午，也就是熊奶奶下山去买点盐的空隙，一伙人就把

熊奶奶多年来居住的洞穴给炸封了。

　　熊奶奶是太阳快要下山的时候回洞来的，脚步蹒跚的她，为了红颜熬得满头白发的她，看到洞穴被毁，她最后朝远处看了看，然后只听见山谷中传来一声尖啸——熊奶奶跳崖自尽了！

爱进茶吧的男人

翠红路上的翠红茶吧，他是常客。

翠红茶吧里的调茶女翠红，那可是没有瑕疵的大美女，明眸皓齿，弯月初黛，一双纤纤玉指，调茶的时候，小指轻翘，似挽起的一湖秋月。

他是常客，去的次数多了，就有人议论起来，说他是冲着翠红去的。人们完全相信他有能力征服美女翠红，他是一个公司的老板，听说市里那栋新修的价值上千万的办公大楼就是他盘下的，反正别的不说，就说人家开进茶吧的那车子吧，已经是宝马了！

翠红对他的到来很是高兴。

他的车子在茶棚里嘀的一声停下的时候，翠红的整个神经会因为他而兴奋，她会马上放下手里的紫砂茶壶从石阶上像只红蝴蝶飘逸而下，然后朱唇里吐出一串好听的字，"你来了啊，来，我帮你拿包。"

他们拾级而上。身后翠绿的万年青摇曳成一道风景——他和她竟然地那样般配，身材一样高，又都欣长得像站立的玉树，一句话，到哪里去找这样的绝配！

翠红不忙的时候，翠红会为他亲自抚琴。

这可是翠红给予他特殊的殊荣。在翠红茶吧，翠红是不轻易抚琴的，即使抚，那可是要开出高价的，翠红想，现在的人，还有几个能听得懂琴声的，既然没人听得懂，那就不如不弹，弹了，也是对牛弹琴，有人要开出高价弹，敲他一回又何妨？——而对他，翠红没有敲诈的意思，他每次在翠红奏琴后，都会给翠红拿出一些不菲的钱，可翠红只会浅浅一笑，献丑了，献丑了，哪还好意思收钱啊？

拿的次数多了，她塞回来的次数也多了，后来，他们就不再推来搡去——一切都变得很自然起来，她好像天生就该免费给他弹，他呢，也好像天生就该免费听她弹。

没有人会怀疑他们会成为一对！

就算退一万步说不是琴遇知音，美女爱英雄，英雄爱美女，他们也应该是爱得上的，尤其是现在这个年代，漂亮的女人谁不想傍个有钱的男人，有钱的男人，谁不想在外面藏个漂亮的女人。

秋雨潇潇地下，他已经有好几天没来了。

老板娘急了，"翠红，你给他打个电话吧，那可是个常客呢，咱们开茶馆的，就靠这些常客支撑着呢。"

"还不是你们把人家吓跑了啊。"她浅笑若兮。

"死丫头，怕是你把人家追急了，人家不敢来了啊，现在的男人，想着外面的，可也顾忌着家里的啊。"老板娘打趣一笑地说。

"我倒是对他有过非分之想，优秀的男人，成功的男人，帅气的男人，谁个不爱呀。"她还是浅笑若兮，但声调也渐渐的变低了下去。

"死丫头，你怎么了？"老板娘关切地问。

"没什么，"她说，"他是一个值得尊敬的男人。"

老板娘睁大了眼睛——

她抹了抹闪过眼角的一丝泪光，几乎是声音悲怆地说，"知道我为什么亲自为他抚琴吗？"

老板娘摇摇头表示不解。

她说，"就在我准备进攻他的时候，他给我说了，他说他在老家有老婆，老婆因为身体的原因不能与他一道出来。他还说，他所以爱进茶吧，他的目的并不是为了我的美貌，他是想在一杯清茶中，慢慢看茶叶舒展——他告诉我，他的老婆就像让那茶叶慢慢舒展的水，没有老婆这水，他是不会有今天的——他们一起创业过，共同打拼过！——爱进茶吧，他就是想，随时都看着茶叶舒展，随时都不要忘了老婆！"

"所以你就为他抚琴了，这真的是一个值得抚琴的男人啊。"老板娘感叹地说。

秋雨潇潇停了的时候，他也就来了。

还是一杯清茶。

茶叶在水中缱绻，所有的人都给他投去钦佩的目光……

31

敲的是孝心

漆棺的第一道工序是刮灰。

刮灰，也就是把一些粉末状的东西搅拌成糊状，然后均匀地敷在棺木上，以便漆工好上漆。

棺木还在做的时候，狗仔的娘就开始吩咐狗仔了："狗仔，我看见你王大爷家拆瓦房了，你去背些瓦片来敲成粉末为漆棺做准备吧。"

狗仔的娘说的王大爷家的瓦房，那是百年前的房子了，上面盖的那瓦是一色的青瓦，擦去青苔之类的覆盖物，瓦片泛着青光，敲上去，当当的响，能碰起火花来。

娘吩咐狗仔去背瓦片的时候，狗仔就在心里有点不愿意，娘这不是折磨人吗？粉末状的东西，非要拿那硬得像铁的瓦片来敲吗？滑石粉就可以代替了！

狗仔就给娘说："娘，你别急，到要用的时候，我给你去买滑石粉。"怕娘不懂，狗仔又补充，"娘，你老不知道，滑石粉过的是几万目的筛子，不会比手工敲的瓦片粉末差的。"

娘就自言自语："我真的老糊涂了，有现成的都不用。"

改天，狗仔进城进货，就给娘捎回了二十斤滑石粉。

狗仔抓起一把滑石粉，滑石粉从狗仔的指尖滑落，狗仔指给娘看，"娘，你看，多细，比咱家过年吃的包汤圆的米面都细。"

娘也跟着抓了一把，狗仔发觉娘有点不悦。

"娘，这滑石粉真的不会比那瓦片敲的粉末差的，我见城里棺材店都是用这个来刮灰的。"狗仔急切地解释。

"城里是城里，我是我。"娘给狗仔留下一句话就独自出门了。

傍晚的时候，狗仔就见娘气喘吁吁地背着一背瓦片回来了。

第二天，娘就在屋檐下一锤一锤地敲那些瓦片。

"娘，你何苦呢？"狗仔劝娘。

娘才不听狗仔的话，头也没抬，一锤一锤地使劲敲着。

"这娘——？"狗仔摇摇头，忙自己的生意去了。

一天，两天，三天。

第四天的时候，狗仔实在听不下去了，狗仔就冲娘说："娘，你实在喜欢瓦片粉末，我就找人给你敲啊，用我三天挣的钱来请人就行了，你可别再敲了啊。"

娘就抬眼看了看狗仔："好啊，你龟儿子有钱了，说话也硬气了，行，你就找人来敲吧。"

狗仔就找了村里几个力气大的小伙来敲，那几个小伙一星期就把瓦片给敲成粉末了。

"娘，你看，要得了要不得。"狗仔叫娘验收。还说，"如果你老人家觉得不够细，就叫他们再敲，反正也就是多出点钱的事。"

娘抓起一把，看了看，说："小子，可以了，有钱还是好使啊，你老娘半年才能完成的事你小子一个星期就让人完成了。"

狗仔就咧开嘴笑——

狗仔还想再说些什么，娘也转了身。

棺木刮灰那天，漆匠来了，叫狗仔把准备好的灰拿出来用。

狗仔就去拿，可找遍屋子的每一个角落都不见那灰。

狗仔大喊着："娘，娘，那灰你放哪去了？"

没有娘的回声，狗仔急了。

这时候，就有人来报，狗仔，你娘在河边呆坐呢。

狗仔急忙去了河边。在河边，狗仔见娘坐的旁边躺着两个袋子，一个是装滑石粉的那个，一个是装瓦片粉末的那个，娘一会儿哭一会笑地抓起那些粉末撒向河里。

跟来的媳妇拽了拽了狗仔的衣角，娘这不是和我们过不去吗？媳妇还提醒狗仔，娘别不是故意整我们吧，她见我们有钱，而小三（狗仔的兄弟）家没钱，她不满呢。

狗仔听了媳妇的话，越想越像，心里就有点不高兴。

棺木由于没灰刮上去，当天就没漆成。

一个月过去，那棺木还是白的，娘和他狗仔过不去，狗仔有种泄气的感觉不想管了。

村里德高望重的李老太爷看见了，就问狗仔为什么还不漆棺。

狗仔就把娘折磨他的事说了。

李老太爷当即就给了狗仔一指头："你小子糊涂啊！"

狗仔被戳得晕头转向："咋了——？"

李老太爷拐杖一顿地面："小子，孝心是买得来的吗？"狗仔怔怔地看着李老太爷，"你老说清楚点啊，我哪点不孝啊？"李老太爷一声长叹："小子，其实你娘要你敲瓦片，敲的是你的孝心啊！——可你小子却自恃有钱，不肯亲自动手，你娘想着就伤心啊——老了的人，想法都很古怪啊，儿子亲自为她的百年之物穿上'新衣'，老人看着就爽心啊——她没有白养这个儿子，她没有白疼你这个儿子！"

狗仔愣了愣，狠狠地扇了自己一大嘴巴！

一段爱情的天折

美芝子对那个一脸阳光的男孩印象一直很好。

那个男孩就在离她家不远的一个工地上做工。

每天，那个男孩吹着口哨从她家楼下经过去上班，他的口哨吹得很好，像山间啼啭的百灵，美芝子记得，她在十岁那年和父亲去山间旅游，听到的就是这样的叫声，导游的人告诉她，这是山间百灵的啼叫，百灵是山里的歌王。男孩会吹许多歌，美芝子听得很是入迷。一天，美芝子像往常一样枕在窗台上听男孩的歌，男孩一抬头就看见了美芝子垂下的脸，男孩冲美芝子调皮地眨了眨眼，然后响亮地打了个呼哨，之后，就微笑着走了。男孩的阳光就是这样深刻印在美芝子脑里的，好一张微笑的脸！

美芝子在梦里不知做过多少次与男孩相会的梦！

一次是男孩拉着她的手，他们就徜徉在她当年去旅游的那个地方，那个男孩教她吹口哨，男孩嘴角密密的绒毛令她心动。

再有一次，是在男孩的工地上，男孩还有好多的活没干，美芝子看见男孩背着那些砖吭哧吭哧地爬楼，她美芝子心都碎了。

第三次梦见男孩的时候，美芝子的脸红了，她梦见自己和男孩手牵手地走进了婚姻的殿堂，许多人都为他们祝福。

美芝子决定地去见男孩，她发觉自己已经不可制止地爱上了这个可爱的男孩。

美芝子去的时候，男孩已经下工了。

她在男孩回来的路上就遇到了男孩。

女孩子家总不可能先开口说我在这里等你很久了吧，看男孩朝自己

走来，美芝子低下了头。

男孩看到美芝子，先是诧异，之后，就从美芝子身边走过，走过的时候，美芝子就发现男孩回身看了看她。

美芝子想说我爱你，但她终没说出口，慢慢来吧，男孩转身，就说明他留意了自己。

美芝子在等待一次与男孩亲密接触的机会。

一天，美芝子在街头被劫了。

劫持她的人用刀抵着她的背，跟我们走一趟吧。

美芝子说身上没有钱，那个拿刀的人就说，我们会叫你老子拿钱来。接下来，美芝子就听见那个拿刀的人对另外几个同伙说，这回我们用他的千金做人质，就不怕他狗日的不给钱。

美芝子被劫持到一个胡同口的时候，就听见了一个像从天籁传来的声音，放下她，否则我不饶你们。

是那个男孩，是那个男孩，原来是那个男孩跟来了，美芝子心里一阵狂喜，她真想不到，会以这种方式跟男孩亲密接触。

双方对峙了起来。

后来，还扭打了起来，美芝子看见男孩的嘴角流出血来。

男孩还是打倒了一个。其他几个，吓得跑了。警察听到打斗，跑来把那个被男孩打倒的带走了。

美芝子欣喜地为男孩擦去嘴角的血。

美芝子与男孩就这样相识了。

美芝子就像活在梦中——

男孩与美芝子分手，是在一个夕阳坠得满天都是的时候。

那天是美芝子与男孩相约一个星期一见的日子，与男孩认识后，男孩说，他不可能每天都来约会，他还在一家 KTV 夜总会兼职，他家里还有生病的母亲，他得拼命挣钱给母亲治病。

男孩是兴冲冲来的，他一脸的微笑被夕阳染得透红。

他们就在海边的沙滩背靠而坐，看归巢的海鸟不停地起飞。

走的时候，男孩就突然变了脸，男孩说，我不会再来了，我们还是分手吧。

你开玩笑吧，这么快你就把我忘了，美芝子伸出手去想摸男孩的头。

男孩推开美芝子的手，甩着步走了。

以后，男孩就没再出现过。美芝子去工地上找过男孩，工地上的人告诉美芝子，走了，走的时候，好像遇到了什么不开心的事，挺不高兴的。

美芝子去了男孩说的那个KTV夜总会，有人给了她一个信封。

抽出信封，美芝子读到了男孩给她留下的信：我后悔救你！那天在海边，我看到了你抱在怀中的狗，狗穿衣服如果还可以原谅的话，那么穿鞋，就真的不能原谅了，太糟贱人了！我后悔我做了一件多么愚蠢的事，我想起了你那次被劫，那个被我打倒的民工，他的大脚子头还因为鞋破外露着！

美芝子读完信的，木然得说不出话来。

十六岁的天空充满阴霾

芳子十六岁那年就知道妈要出事。

妈近来可是越来越追求美了，她的足迹、她的时间，几乎都花在了美容上。

妈先去整了容。整容包括祛斑、去皱、隆鼻、修唇。这些个动作完成的时候，妈的脸盘子就变了样：一张红润的脸，弯弯的柳叶眉，玲珑略向上翘的天鹅的鼻子，还有那嘴唇，标标准准的樱桃小口，似乎一张嘴，就要大珠小珠落玉盘。妙、妙，现代的高科技美容，竟能让一个风华已过的女人重拾少女的美丽。

整了容，妈又去隆胸医院隆胸。妈躺在隆胸的手术床上，隆胸医生的手术刀嗞嗞地切开她的乳房，一个劲地往里填充一种像海绵样的东西。手术完工的时候，妈从隆胸的床上爬了起来，穿上衣服，妈叫芳子看。"何等挺拔哟"，芳子感觉眼前就像耸了一座山。

隆了胸，妈又去吸脂。妈站在一个叫什么高科技吸脂的机子前，脱去外套，穿条短裤将腹部紧贴那机子。吸脂医生启动机子，不一会儿，便见那机子的出口处淌出一些像油的东西来。手术大约进行了两个小时，它让妈的小肚皮不见了。

妈还让芳子陪她去整形，那段时间，芳子正准备着初升高的考试，但芳子还是抽时间去了，芳子想，让妈多年青几岁不是更好吗？妈的青春，都给了自己和爹呵！

但妈的爱美越来越出格了，乃至到了芳子不能容忍的地步。

那是一个晴朗的中午，芳子正放午学。

芳子和一群同学说笑着走出校门。

妈在校门不远处接芳子。

"芳子。"妈朝芳子挥手。

芳子迎声朝妈看去，芳子傻眼了，妈穿着只有歌厅小姐们才穿得出的那些个服饰，整个人看上去妖娆风骚，一点母亲样也没有。

"芳子，这是你妈呀?!"几个同学惊叹地问芳子。"这哪像个妈呀，活脱脱一个歌厅小姐。"又是几个同学的议论。

芳子真想找个地缝钻进去，妈不伦不类，叫她以后如何面对同学?

"芳子，回家呀。"妈叫愣住了的芳子。

"妈——"芳子想说出心里的不满，但她一下想不起该怎么说，她是一个孝顺的女孩子。

芳子就知道妈这样刻求地追求下去要出事，出什么事，芳子也说不清。

妈果然出事了。

那天，芳子正上着夜自习，传达室的老头叫芳子，他说，芳子，你快去哩，你妈在医院里呢，医院里还说很严重。

芳子急忙请了假跑出校门打的，坐在车上，芳子想，妈是不是遭了流氓，经过美容后的妈挺惹人注目的，加上她那超前的短透露的打扮。

在医院里，芳子见到了妈，妈疼得喊娘叫爷。

"你妈隆胸乳房发炎了，吸脂，油腻没被吸尽，残留的进入了肠道，堵塞了小肠。"医生告诉芳子。

芳子后悔起对妈美容的宽容来，看妈额头上浸满的豆大的汗珠，芳子有点生气地说:"妈，你都四十出头的人了，你还折腾什么? 你是和自己身体过不去呀!"

"我还不是为这个家，我想拴住你爹的心呐，要不是为了拴住你爹的心，我才不会去受那洋罪，割乳房，钻心样的疼，吸脂，翻江倒海的痛……"

芳子一下地语塞，她想起了爹，爹是去年当上某局副局长的，自打爹当上副局长那天起，爹就很少回家，传闻，他与他单位里的女秘书正打得火热呢。

这晚的芳子，彻夜难眠，天明的时候，芳子在自己的日记本上写下了这样一句话:十六岁的天空充满阴霾，我得作好孤身去旅行的准备!

亲情渐渐远离

黄三回家过年的时候，就发觉了与往年的异样。

老刘叔正在土里犁牛，黄三上前打一声招呼："刘叔，你犁牛呀！"老刘叔唔一声，头也不抬。黄三又说，"刘叔，今年收成不错吧。"老刘叔仍是唔一声，照样犁他的牛。黄三拿出烟，"刘叔，抽一支。"老刘叔停下了手中的铧犁，接过烟，说了声谢了，又埋下头去犁牛。老刘叔的"冷"，这多少让黄三有点始料未及，以前的老刘叔可不是这样的啊！就说前几年吧，他黄三回家过年，在地头遇到老刘叔，不待他黄三开口先打招呼，老刘叔可是招呼开了，"娃子，回家过年了啊。"接下来，老刘叔会拉着他一阵地看，老刘叔的一张满是皱纹的脸会笑开花来，"呵，比以前瘦了，不过，比以前精神多了。"老刘叔还会倒出自家酿的水花酒，"娃子，喝喝咱家自个酿的酒，这酒长气，在城市里可买不着呢。"

黄三闷着葫芦往前走，就遇见了来村里检查工作的李副主任。

这李副主任与黄三是从小在一个塘里滚大的哥们，成年后，二人都还联系着。

黄三也很快发觉了李副主任对他的冷淡。"去我家坐坐啊。"黄三冲朝他对面走来的李副主任招呼。李副主任也看见了黄三，"不了，还忙。"说完，就准备从黄三身边擦过。李副主任的匆匆，让黄三很吃惊。黄三想起了去年，去年，他回来，也是正遇着在村里检查工作的李副主任，李副主任一把拉住他，"咱们哥俩好几年没在一起喝酒了，今天得好好喝一回。"黄三说得先看看爹，李副主任就说行。和爹打了个照面，李副主任就把黄三拉到了乡上的幸福酒家，那天，黄三算是领教了哥们的感情：喝酒的其间，不断地有人打电话来请李副主任回去办事，李副主任就在

电话里一阵的凶，改天，改天，今天天塌下来我也不去。

李副主任从黄三身边擦身而过，黄三稍一思忖的瞬间，也就到了家门口。

黄三看见了在院子里玩耍的几个侄女侄儿。

黄三从鼓鼓的包里掏出在超市里买的那些糖果，黄三一声高呼，"小家伙们，吃糖喽!"那些小家伙们先是愣了一阵，待看清楚是大伯回来了，就一边欢呼着大伯回来了，一边地去抢糖果。

孩子们的欢呼很快地就把屋内的人"喊"出来了。

黄三先看见了大弟。

大弟把门开出一条缝来，然后又嘭的一声把门关上了。

再接下来是二弟，二弟也嘭的一声把门关上了。

黄三尴尬地站在院落中，这是怎么了啊?

黄三只得去了爹娘的房。

爹嗡着声音说："小子，你还知道回来啊，我们的脊梁骨都快被人家戳断了。"

黄三就问："爹，他们戳咱家什么呀，我在外行得正走得端的。"

爹就说："就戳你这行得正走得端，你忘恩负义，不会照顾乡邻，六亲不认。"

黄三一下子明白了他今天遭受冷遇的原因：老刘叔今年七月去请他帮忙分配老刘叔大学毕业的女儿，他没帮上忙；刘副主任请他去打招呼，想当乡长，他没去；大弟想揽一项工程，他没帮揽；二弟想请他打声招呼贷款，他没去打。

明白了是怎么回事，黄三就说："爹，我给他们说清楚了的啊，说得再清楚不过了啊。"

爹就一阵的嘟囔："你说的那个清楚，谁相信呢?"

"爹，我真的无能为力啊！你该不会连我也不相信吧?"黄三有点打趣地问爹。

"不相信，我真的不相信!"爹还真地说了。说完，又补上一句，"你小子，再六亲不认，你以后就别回来了，人家戳我脊梁骨，我难受。"

黄三的头一下子埋了下去——

过完年回去的时候，黄三就搬出了他住的地委大院。

黄三给远在德国留学的同学说："你另外找个人给你看家吧。"同学问："那里居住条件挺好的，水电，网费等都是免费的，你怎么会不住呀？"黄三就说："再住下去，连我爹也不认我了。"

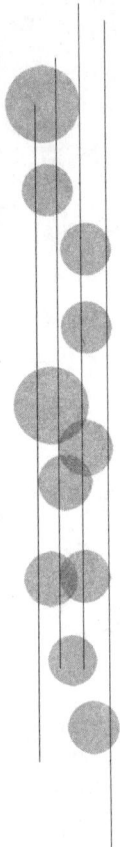

走出低谷

那段时间的他们，婚姻也走入低谷。

男人对女人也没有兴趣，他动辄就冲女人发脾气，他喊女人傻婆娘，喊女人黄脸婆。

女人的心疼得要死。

如何才能挽回垂死的婚姻呢，如何才能唤回男人的爱呢？

女人苦苦思索！

一月后，找女人的电话突然多了起来，女人家的信呢，也骤然增多，邮差，一天就要送来一大沓。

女人接电话眉飞色舞，女人接电话不亦乐乎，那些信呢，女人通常回复到深夜，虽然工作到深夜，但女人脸上透露出的还是高兴，高兴！

看着女人的社交量一下增多，男人关注起女人来：他妈的女人，还以为她只会做饭烧菜陪老公睡觉生孩子呢，谁知道她娘的，也是个不同凡响的女人呢，也是个不一般的女人呢？

男人对女人刮目相看起来——

刮目相看起女人来的男人突然发觉自己女人也是个很美的女人，女人的一颦一笑，举手投足，男人都觉得是那么优雅；对啦，女人额上那颗豆大的痣，那颗经太阳一晒，就油光油光有点令人作呕的痣，现在男人都觉得可爱了，像黑珍珠！

一天，男人偷听了女人的电话，电话是另外一个男人打来的，女人与那个男人，那个男人与女人，他们聊得好欢，聊得好投机！

男人心里当即就有了一种针扎了的感受。

又一天，女人小保险柜的钥匙忘在家里了，男人试着开保险柜，那些邮差送来的信就被女人锁在女人的小柜子里。保险柜打开，男人急切地看那些信，信里的那些照片让男人瞠目结舌，信封里装的都是些帅气男人的照片，那些个男人，哪一个的，看上去很亮堂！

男人的心一阵比一阵地震颤起来。

后来的日子，男人就不敢再敢轻视女人。

女人还想接那些电话，女人还想回那些如雪片般飞来的信，男人就告饶，男人就哀求似的对女人说：你别这样了好不好，你别这样了好不好，你再这样，我的心都要碎了，我整个人，都要疯了，我向你赔罪，我向你认错行否，我以前呀，我没好好爱你，我轻视你的存在，我枕边躺颗珍珠，我还不知道呢！

女人接电话的手打住，女人欲回信的笔打住，女人的脸上笑得一脸灿烂。

男人与女人重新爱了起来，他们，又回到了初恋时节……

多年以后，也就是在男人与女人两鬓斑白孙儿绕膝的时候，男人悄悄问女人：亲爱的，你告诉我，你说你当初是用了什么办法挽回我们走入了低谷的婚姻的？

女人一笑：我在杂志上登了个征友启示。

男人一个忽愣。

两颗白了的头，偎得更紧。

有我电话请你喊我

那个摊大饼的男人的摊子是哪天摆到婷婷公用电话亭对面的，婷婷也记不得了，反正有五六年了吧。

婷婷只记得那个男人来的那天的情景。那天，男人摆下摊子，然后就起锅，第一张饼摊出来，婷婷没想到的，那个男人竟然捧着给她送来了。"谁认识你呀？"婷婷没好气地说，现在的有些男人，无聊了总是想法地黏糊女人。"妹子，我没恶意，只是，只是，想请你有我电话来的时候喊我一声。"男人笑笑，脸上一脸的赤诚。哦，原来是请传电话呀，婷婷打消了顾虑，欣然接下了那张大饼，那时，她正饿着呢。"说吧，是哪个电话？"婷婷一边吃饼，一边就准备掏钱付给男人，大家都不容易，咱可不能因为替人喊话就敲诈人家啊，婷婷想。男人见婷婷要掏钱，就一个劲地说，"大妹了，你别客气啊，这么张饼，大哥我还请得起的。"男人这么说了，婷婷也就不好再掏了，哎，别为了一张饼拂了人家的意吧，对面来了个"亲戚"，说不定以后自己还有求着人家帮忙的时候呢。婷婷就掏出笔，等男人说出是哪个电话。男人搔了搔头，然后就自言自语说起来，"是哪个电话呢？该是哪个电话打来呢？"看着男人搔头的样子，婷婷就想笑，想请人家传话，却把电话都忘记了，这个男人也太健忘了啊。男人搔了好一会头，然后就像想起了什么似的，"大妹子，麻烦你了，以后你只要见有 029 这个区号打来的电话，都请你喊我一声。""大哥，你这目标也太大了吧。"婷婷咯咯一笑，这男人，脑筋有点问题吧。"就麻烦你了，真的不好意思啊。"男人说着就是一个鞠躬。"好虔诚的男人啊，不像有病呢。"婷婷记下了他说的区号。

男人很朴实，他每天里都会给婷婷摊上一张大饼送来，婷婷要给他钱，他总是不收，就是歉意地说，"每天里让你给我注意那个电话，我还好意思收你钱吗？"一次，两次，三次，四次，婷婷就不好意思了，咱总不能因为传话就老是占人家便宜啊。婷婷把钱硬塞给他，说，"你要不收，以后，我就不给你传话了。"男人就很窘地接过了钱，嘴里嘟囔着，"那我以后就给你把肉贴得厚厚的。"后来，婷婷吃到的大饼，她就感觉到肉是比原先多了，软软的，嫩嫩的，那真是个爽。看着男人在对面忙乎的身影，婷婷就想，真是个实打实的男人啊，老是怕欠着人家点什么呢。

男人每天里收摊的时候，都会问上一声，"大妹子，今天没我电话吧。"婷婷就一笑，"大哥，没呢，要是有，我保管不给你落下。"

就这样，年复一年，时间转眼就过去了五六年。

一天，婷婷没见男人来摆摊，她心里禁不住咯噔了一下，五六年了，男人都没搁下一天，今天，他是不是生病了呢？

傍晚的时候，男人来了，他给婷婷拎了一大堆礼物。

"看你，我们都是老邻居了呀！"婷婷嗔怪着说。

男人放下礼物，喝一口婷婷递上来的水，抹抹嘴就说，"还得麻烦你啊，以后我不在这里摆摊了，城管不准摆了哩。"

"你是说让我打电话通知你来接吗？"婷婷问，男人原来不是生病了，她觉得心里一下地舒坦了许多。

"是的，麻烦你请打来电话的人稍等几分钟，我会在第一时间赶到。"男人说。

男人给婷婷留下了一个手机号，就准备着起身。

婷婷突然想起了一个好久就想问了的问题，"大哥，你几年了，就是为了等这个不着边际的电话吗？这个电话对你很重要吗？"

"不好意思，说出来怕你笑话。"男人很腼腆的样子。

"不妨说点出来听听。"婷婷说，那个电话真的是个不着边际的电话啊，应该劝劝他不要等了啊。

"真想听吗？你可不要笑我一个大男人酸啊。"男人自嘲似地笑了笑。

"想听！"婷婷撒了个娇地说。

男人就说："六年前，一个说来可以令我悲伤的下午，我的老婆，我

们曾经彼此深爱过的，她嫌我摊大饼的日子苦了，就偷偷跟一个有钱人跑了。那个有钱人好像是陕西一个地方的，我去找过，可是没找着，就只记得那地方的区号好像是029。我想我的老婆只是一时糊涂，她还会回来的，可当时我们穷，买不起手机，她怎么联系我呢？我想起了只有借助你的公用电话亭了，你公用电话亭里的电话号码，她是记得的，我们曾经来打过十几次电话呢。就只能这样了，就只能大海捞针守株待兔了！"

男人说完，脸上就是一种忧伤的表情挂着。

婷婷的心里，被震得颤了起来，好一个痴情的男人，为了等迷失的妻子，竟然在她的公用电话亭外面日晒雨淋了五六年。

夜深沉，月牙儿忽隐忽现，城市的喧嚣也停了下来，一切，都万籁俱寂。

婷婷就那么地陪男人走着，男人的痴情把她的心动得湿湿的啊。

"大哥，如果你不嫌小妹子我没什么能赚钱的手艺，你就娶了我吧。"在一个转弯的路口，婷婷突然大胆地说。

男人怔了怔，"我一个摊大饼的，有什么值得妹子爱的。"

"就冲你的那份痴情，那份纯真！"婷婷一脸娇羞地说。

月牙儿冲破阻隔升起，一弯明月，刹时地将整个世界照得亮堂起来……

女人·儿子

"儿子，儿子，八点了，你怎么还没吃好呀？"女人冲正慢腾腾吸拉着面条的儿子喊。

儿子抬起头，看妈妈一眼，埋下头去，又是不紧不慢地吃。

"我的小祖宗哟，你这么吃下去，不迟到才怪哩。"女人接过儿子的碗、筷子，把面条一团一团地卷起，看儿子吃下去了一团，就往儿子嘴里再送一团。

八点十分的时候，儿子吃完了面条。女人给儿子背上书包，一边背，女人就一边叮嘱，"儿子，过马路的时候一定要当心呀，要前后左右看，确信没车子了才过。"儿子点头，"知道，我们老师也是这么说的。"女人送儿子出村口，在村口，儿子与女人挥手再见，儿子说："妈妈，Good - bye。"女人的心里漾起一种幸福，小家伙，还会两句洋话了呢，不知不觉之中，还懂点事了呢。

十点整的时候，儿子回来了。

"儿子，怎么放这样早的学？"女人问儿子。

"妈妈，我们老师今天后两节课请假了，校长叫我们回家。"儿子眨着一双漂亮的眼睛回答。

"哦！那妈妈给你做好吃的。"女人说着就动起手来，女人把几个鸡蛋煎成皮，再剁馅，女人把馅包在鸡蛋皮里，然后放在甑子里蒸。

两个小时过去的时候，甑子里的鸡蛋卷肉就飘香了，儿子急不可耐地要吃，女人说，"慢点，慢点，等冷一下哈。"

儿子才等不了，他筷子夹起一卷，在嘴边吹了吹，就囫囵下肚了。看着儿子一卷一卷地吃，一盘子的肉卷，转眼间就给他吃了个精光，女人的心里又是一暖，小家伙，真的是长大了哩，以前，两三个肉卷就把他给胀饱了，而现在……女人禁不住抚摩起儿子的小肩膀来，那肩膀，真的是比以前宽了，儿子，再不是弱不禁风的四五岁的小年纪了！

两点钟的时候，女人开始催促儿子上午学了。

儿子冲妈妈眨巴了两下眼，"妈，我们老师连下午也请了的呢，听说是老师要去吃一个远酒。"

女人的心里不禁咯噔了一下，这乡下的教育呀，要是在她打工的那个城市，为了吃酒而请假的老师可早就下岗了哩。

"儿子，下午既然不上学，妈妈带你去乡里的那个小超市买东西去。"

"好啊!"儿子一蹦三尺高。

女人与儿子从乡上小超市回来的时候，遇到了一群放学回来的学生娃。

女人也没怎么想的，就随便问了一个，"你们老师没请假呀？"

那被问的学生娃回答，"请什么假呢，我们的王老师可抠死了，有时候，星期天也不放我们休息。"

女人的心里禁不住地一紧。

回到家，女人就问儿子，"你们老师是不是姓王？你们学校里有几个王老师？"

儿子埋着头地回答："我们老师是姓王，我们学校里是只有一个王老师。"

女人暴怒了，她抡起手，啪啪地给了儿子两个耳光。

女人打完，就止不住地哭："小冤家啊，你怎么扯谎不想去上学呀，你知道吗，我为了这个家，在外拼命地打工，累死渴死我都不怕，可你，可你……"

"妈妈，妈妈，你别哭。"儿子的一双小手抚摩上了女人的脸颊。

女人又问："说，你给妈妈说，你为什么不想去上学？"

儿子一阵嗫嚅："妈妈，我想让你多陪我一阵，我怕你一下走了，三年前，我一觉瞌睡睡醒来，你就去打工了哩。"

女人一把搂了儿子，她的心一阵一阵地被触动起来……

爱情一阵风

爱情一阵风，她却没好好捕捉！

——题记

黄昏时刻，也就是她爱唱"爱情一阵风"的时刻，"爱情就像一阵风，来无影去无踪。乎我笑容乎我悲伤，乎我怨叹在心中……是我愚是我空……要见面就在梦中……"她是唱得哀婉悲怆，催人泪下。

这个时刻，也就是男人打她的时刻，男人是一个机关里的驾驶员，他喝醉酒回来，就冲她使性子，把她弄得鼻涕眼泪一大把地流。

看男人使完性子头一歪沉沉睡去的时候，无边的回忆就穿过歌声弥漫过了她的眼际。

那是一张好稚气的脸啊！

那是一双好纯洁的眼啊！

时间是十年前，十年前，她的大学好友把弟托付给在城里上班的她管。

"我弟就是你弟，该责你就责，该打你就打，他很调皮的，你可别手下留情。"她清楚记得，那是一个清风徐徐醉得撩人的傍晚，好友把一个大男孩交给了她。

"红姐，我听我姐说过你们关系的，今后，我可要给你添麻烦了，不过，呵呵，我有使不完的力气，可以给你干很多重活，譬如停水了，我可以去挑，没蜂窝煤了，我可以到厂里去背……总之，我有使不完的力气，什么重活都不怕。"他说，一眼的纯真，一脸的稚气，可爱之极。

"傻小子，城里不比农村，水停了，会有人送，没煤了呢，也会有人

送。"她就这样地接纳下了他，一个比她小不了几岁的大男孩。

她的单身宿舍是两间，他就住在她的隔壁。

他每天都会给她一张笑脸，"红姐，你回来了啊，你看，饭呀，菜呀的这些，我都先整好了，就等你来大哚特哚了。"

"调皮！"她丢给他一个笑，真的是个可爱的大男孩啊，说话都能把人惹得止不住地笑。

吃饭。

她把那些营养的，譬如肉吧，她往他面前扒，她说，"你现在正准备进行高考，得多吃点。"

"谢红姐的关心，你也得多吃点，你看你那么瘦，我都怕哪天见不着你了——你被大风吹走了！"他把那些肉扒回来，冲她扮了鬼脸。

她的心里倏地划过一丝颤动，好温软的话。

吃罢饭，是他的学习时间。

"红姐，这道题做不来，麻烦你了。"他捧着书，一脸虔诚站在她面前。

她就指导他做。

那是一道挺简单的题呀，这么简单的题都做不来，还怎么参加高考，她的心里有点愠怒。但抬头，她看见了他有点火灼的眼睛，原来他是在故意靠近她啊。

一朵红云也就那么地飞上了她的脸颊，她就伸出腿去踢他，"原来你是在冲你姐使坏啊。"

他像醒了似的，"红姐，你真好看，你就像一副静若止水的画，你的恬静，把我都感动了。"

"红姐真有你说的那么动人吗？"她就逗他，是女孩子，都喜欢听来自于异性的夸赞啊。

"别人我不知道，反正我就这样觉得。"他说。

"还不好好学习去，不准胡思乱想。"她刮了他稚气的脸蛋一下。

"遵命！"他响亮地回答一声，乖乖回到了属于他自己的屋子。

这年，他考取了一所大学。

他走的那天，他托人转交给她一封信。她展信，信是这样写的：亲

爱的红姐，请允许我这样称呼你。红姐，自打我姐将我托付给你那天起，我便在心里深深地喜欢上了你，你的美丽，你的才华横溢，都让我五体投地。但我没有胆量爱你，因为我们之间地位差别太大，你是大学生，又留在城里工作，而我——如果考不取的话，还得回农村修地球。我将爱深埋心底，那晚的故意请教，实在是一种情不自禁的表现。红姐，我感觉到现在我可以爱你了，你可愿敞开你的心扉接纳我？请考虑弟的爱，弟绝不是发癫狂！

呵呵，这个傻小子，说什么呢，我与他，能成吗？他可是我最好朋友的弟啊，她越发地感觉到他的可爱之极起来，她甚至感觉得到，那是青春期男孩的一种冲动，是一种很少接触女性后的冲动。

她就想都没想地给他回了信：傻小子，你别胡思乱想，你红姐可没你说的那么好啊，你红姐，永远都只能做你姐。大学校园里女孩多的是，你会觉得你红姐是很普通的一个，是再普通不能普通的一个！

后来，她就再没接到过他的信。估摸着他快毕业了的时候，她问他的姐，他会回到县里来吗？

他姐说，那傻小子，不知怎么想的，他说打死他也不回来，就算给他个官做也不想回来。

她的心禁不住抖了一下，她知道，他那是因为她！

她有过后悔，当初，为什么不好好考虑一下他那封滚烫的信呢？那是一个大男孩最纯真的表露啊！

爱情像一阵风，来的时候，没好好捕捉，在她遭受现在的这个男人折磨的时候，她就只能哀婉地唱了。

他，已经在一个偏远的小镇结婚了，一切都不可能了！

先救局长

他挪动身体，撑起，他推了推躺身边的局长，"局长，你还行吗？"

"还行。"局长声音低微地说。

忍着剧烈的疼痛，他掏出手机，还好，这山谷里有信号，他打了120，"120吗？你们快来吧，我们翻车了，在地方。"

"你说详细点。"120回话。

他想再说，可是剧烈的疼痛也使他的手腕拿不稳手机，手机"当"地一声掉在了地上，声音空阔而绵长。

他兹着牙冲地上的手机使劲地喊，"我们在地方。"

120回话："你们一定要坚持住呀，我们马上就到。"

接下来的时间，就犹如半个世纪般的绵长。

他说，"局长，你可要坚持住呀，120马上就要到了。"

局长的眼睛微闭着，"小张，我怕是等不到120了。"

他说，"局长，你别气馁，你一定要坚持住呀，你福大命大，前程还无限哩。"

局长无话，他想局长当真是绝望了吧。

他继续地给局长打气，"局长，你可要坚持住呀，120说不定已经离我们不远了。"

局长睁了睁微闭的眼睛，"小张，我感觉到我的意识在一阵一阵模糊，我怕是真的不行了哩。"

他说，"局长，你怎么会意识模糊了呢？你永远都是那么睿智的人，你现在不会，以后也不会。"

局长又一下地无语，他想，死亡多么地可怕呀，在死亡面前，平时

像个大将军那样颐指气使的局长都没底线了，死亡当真的可怕啊！

他再给局长打气，"局长，你可要坚持住，你的眼睛千万不能闭呀。"

局长说，"小张，我想睁开眼，可这眼皮老是不听使唤啊。"

"局长，你看，你看前方有什么?"他想让局长睁开眼来，只要局长能坚持着把眼睛睁着，那么死亡也就能退后一步，这是一个人求生的毅力，他研究过心理学。

局长微闭着的眼睛努力睁开了，局长眼角的余光隐隐绰绰地看见有一只野狗在等着吃死人的肉。

"局长，你看见那是什么了吗?"他问。

"看见了，是只野狗，他妈的，还等着吃咱们的肉呢。"局长显然被唤醒了许多，都能骂人了。

他继续逗局长说话，"是的，这畜生在等着吃我们的肉呢，狗日的嗅觉还真够灵敏的，我们刚翻下去，它就来了。"

"小张，我们得坚持住，绝不能让这狗日的把我们扯了，我们要死也要死在医院里，落个全尸。"他听见局长如此给他说，局长的声音明显地又大了许多。

"是的，局长，我们都要坚持住，不看到120，我们绝不气馁。"他给局长说，也是给自己说。

星星忽闪忽闪地亮着，山谷里寂静得听得见心跳声。

局长说话了，"小张，看来我注定是要被野狗拖了，我真的坚持不住了，这眼皮老是想垂下来。"

"不，局长，你一定要坚持住，120马上就到了。"他说。

"我真的不行了。"他感觉到局长说话的声音突然低了许多，要不是山谷里寂静，都听不出来了。

他说，"局长，你真的安心被野狗拖吗?"

局长说，"不让它拖也不行啊，闭了眼，随它吧，它把咱扯成八大块咱也不知道。"

他说，"局长，农村里的习俗你知道吗?"

局长说，"知道一些，怎么了?"

他说，"农村里的习俗，死了的人很讲究全尸，尸体不全的人，死后要下十八层地狱，以后投胎为人，身体上掉了的地方阎王爷也不会给补上。"

局长的话中微微一笑，"你小子比我年轻，可你小子还迷信得很呐。"

他说，"局长，咱们现在虽然是城里人了，可咱们的根基都是在农村里啊，入乡随俗，咱们还是信点好。"

局长就说，"恩。你小子也说得不无道理。"

聊着的，他们就看见了公路坎上有电筒光晃动的影子。

他兴奋地给局长说，"局长，120 到了。"

局长长长地舒了口气，"总算等到了。"

120 下到谷底就展开了营救。

他的位置在 120 最先触到的地方，120 给他包扎，他努力抬起手指身边的局长，"你们，先救我们局长吧。"

120 说，"别动，你这种车祸的人，我们见过很多，看上去还能行，可说着说着话的，人就没了。"

他说，"我自己的伤势我知道，你们还是先救我们局长吧。"

120 拗不过他，就先给他身边的局长包扎。

120 一边给局长包扎，就一边给局长说，"你这个年纪，而且是受了致命的伤，能坚持这么长的时间，你的生命力真的顽强啊。"

局长把赞许的眼光投向了他，"都是你们刚才准备先营救的那小子的功劳啊，他想法逗我说话，是他让我的眼睛没有尽快闭上啊。"

他顿时有了种轻飘飘直上云霄的感觉——他晕了，他也不晓得是因为激动才晕还是他受的伤真的发作了才晕。

反正他是晕了。

这年办公室主任改选，他是很有机会上的人。他想，就凭自己逗局长说话和先让局长坐担架，局长该考虑他啊，他可是局长的救命大恩人啊！

可是却事与愿违——局长把办公室主任给了一个能力还没他强的人。

他好沉闷，他想，局长糊涂了吧，或者，局长的良心让狗吃了吧。

他得把原因弄清楚，后来，他从小道消息了解到，那次车祸，局长手上一颗价值十万元的大钻戒丢了，局长给人说，翻下去的人都昏了，只有小张清醒着。

爱在深秋

女人患上那病后，女人就感觉到男人对她突然疏远了许多。

女人的病是在初秋里害上的，一向健健康康的、脸上随时都充满阳光的女人突然地不想吃起东西来，而且还吃一点吐一点。一月下来，女人的脸上便没有了阳光，她整个人也瘦得像根荒野中的麻秆。男人带女人看遍了全省所有医院，咨询了省内所有知名专家，无奈，专家们就是说不出个所以然来，不过，他们保证，绝不是癌症。

男人和女人只得回家，不回家还能干什么，他们的钱在一月的求医中也花光殆尽，连回来的路费都是给在省城里上班的一个老同学借的呢。

回到了家的女人，很快地，她就发觉男人对她突然冷落了许多。

男人不再像还没去省城之前那样关心她，没去省城诊病以前，女人记得，男人为了让她多吃点东西，为了让她想吃点东西，男人可是想尽了办法，他用猜拳，他用钻桌子脚，他用贴胡子等的搞笑来逗女人开心，来引女人的食欲。对啦，现在的男人，他一进门还沉着个脸，女人已经有一个星期没看到他露过笑脸了，他的脸，都可以扭出水来了，都可以结成高山上的冰了。

男人一百八十度人转弯的变化，女人对着镜子只能自怨自哎流眼泪，哎，都怪自家呀，都怪自家害上这个说不清道不名的病，花光了家里的钱，还拖累了男人，让他走入了一个无底的深渊。

自怨自艾空抹泪一阵，女人就撑着病体帮男人洗衣服，虽然感觉到男人对她不如从前，但她还是要洗，洗回自己对男人的一点内疚。

女人将男人昨晚脱下来的衣服找出，然后把手伸进男人衣服的包里，女人想把男人包里的烟呀之类的东西拿出来，那些东西在水里一泡，可

弄得个洗衣机里到处都是。

就在这当儿，女人从男人的包里摸出了一样东西，是什么东西呢，一双女式长筒透明丝袜。

女人看那袜子，女人当即就愣了，这不是自己的袜子呀，这是谁的袜子呢，谁的袜子会跑到老公荷包里去呢？女人想起了一事，就是在男人不会笑了的一个星期里，男人总是很晚才回来，问他为什么回来很晚，他就说加班。现在发现了这双长筒袜子，一切就明白了，男人不是加班，是背着自己女人在和另外一个女人幽会，他们幽会到了什么程度呢，连袜子都跑到荷包里去了，哎！

女人再无心洗衣服，她对着镜子又流了一阵泪，流一阵，女人将眼泪擦干，然后对自己说：一切得该有个结果了，不能老这样地拖着，这样，对彼此双方都是一个不小的伤害。

打定主意，女人就透迤着起身，她想给男人做最后一顿晚餐，男人不好意思先说，就让自己先说吧。

做好晚餐，女人就坐着等男人回来。

时钟已经指向了晚上十点，街上行人也渐渐稀少，男人，还不见回来。

女人看看刚才想洗的衣服，女人拿了那衣服，女人把它放进洗衣机里，然后放入雪白的水，再放入白白的洗衣粉，女人想，就给他洗最后一次吧，毕竟一起生活过十年，毕竟爱过一场，毕竟是自己拖累了人家！

女人将衣服费力洗好的时候，男人回来了，此时的钟声，刚好是凌晨一点。

男人回来，男人看到还没休息的女人，又看到桌上用碗盖着的饭菜，再看看洗挂着的衣服，男人的脸上更是阴沉，他嘟囔着："谁叫你做的，你的身体还没好啊。"

女人面上什么表情也没有，她向男人说："你先吃吧，把饭吃了，我们俩有事谈。"

男人就又嘟囔一句的，"什么事呀，神神秘秘的。"男人开始吃饭。在这当中，女人又给男人去热那些已经凉了的饭菜，女人始终地想，虽然马上，也许明天就要结束，但还是热一下吧，他曾经是自己的男人呀，自己，曾经的曾经的与他爱过呀。

女人看着男人吃完了饭，看着男人打了一个响亮的饱嗝，女人就提起了想说的事，女人说："我觉得，我觉得我们还是分开的好，我这病，说不清道不明没个结果，我怕，我怕把你给拖累了。"

男人听完女人的话，男人就暴跳得摔面前的碗，男人大声说："乱弹琴，乱弹琴。"

发完一番脾气，男人就问女人为什么会有这样的想法。

女人拿出了那双女式长筒透明丝袜。

男人的脸上一下窘得上了色。

"我们还是分开的好，我也不愿意拖你的。"女人最后说。

男人一下抱住女人，男人的吻如雨点打在女人颊上，男人说："这双袜子是我专程买的，要知道，你是不穿长筒丝袜的，我只能买了。买这双袜子干什么呢？我想把这双袜子笼在面上去偷，我想带你去北京把病看清楚呀，我不能就让你这样整日里病恹恹生活着呀。"男人最后还告诉女人："这些个天，我阴沉着脸，很少问你吃喝，就是在考虑怎样下手，我回来得很晚，我是出去踩点调查看哪些有钱人常常忘记关门去了。"

男人说完，女人也是泣不成声了，她一边抽搭一边说："你怎么能这样呢？你怎么能这样呢？要知道，你要是真的因为我而犯了事进去我也会不安的！"

深秋的风，凉凉袭来，男人与女人，彼此抱得很紧，很紧……

后来，据说男人和女人得到了一个企业的资助，他们的爱情健健康康地成长！

袋鼠爸爸

每当看到别人把孩子扛在肩头上"耍大马"，他都会感到自卑，十几年前的一次意外令他永远失去了这种机会。他觉得对不起儿子，几乎从不敢带儿子出去玩。

有一天，他在电视中看到了一个广告，给了他很大的启示：只要有心，他也可以给孩子带来快乐。

于是，他先去扯了布，然后找到裁缝师傅把意图一说，裁缝师傅乐了："就冲你这份心思，我不收钱。"

裁缝师傅花了半天功夫，做了一个非常漂亮的布袋。他拿着布袋回家了，只见三岁的儿子正在院子里玩耍，周围还有不少小朋友和他们的父母。

儿子远远地看到他，嘴一撇，又转过头，看着别人的孩子和父母。

他喊道："儿子，快过来，爸爸和你一起玩。"

儿子不情愿地走过来，翻了翻眼珠，说："你又不能像好多的爸爸那样把我扛在肩头上。"

"儿子，爸爸虽然不能给你'骑大马'的威风，但还有另一种方式能让你高兴。"他把那个漂亮的布袋系在了腰间，问儿子，"你看，爸爸像什么？"

儿子"扑哧"笑了："像大袋鼠！"

"袋鼠妈妈，有个袋袋，宝贝安详躺里面……"他冲儿子唱了起来，"小袋鼠，进袋了，天黑喽！"

儿子"哧溜"一声钻进了他腰间的布袋。他学着大袋鼠的样子一蹦一蹦地跳着，儿子在袋子里笑得合不拢嘴。

跳了一阵子，他累了，他问儿子："在袋里舒服吧？"

儿子眨着眼睛说："爸爸的肚皮软得像棉花，舒服极了！"

"那爸爸演得像袋鼠吗？"

儿子很开心："像，像极了！你比我们幼儿园的老师还演得好，老师得趴在地上才像袋鼠，而你是现成的大袋鼠！"

夕阳下，人们看到了一个背驼得厉害，脸几乎贴到了地面的男人，他和孩子玩得好不快活。

天壤之别

叔是越南战场上下来的人。

叔讲起他的战斗经历，就很悲壮。

"妈拉的越南兵哟，他们为了阻止我们进攻，在我们前进的路上埋下了竹签和铁钉之类的东西，先踩上去的人，脚板硬是给生生的刺穿了。——当然，这还不至于送命，是轻微的，最为恼火的，是那些个地雷，虽然排雷兵已经排过了，但总以排不完，一不注意，想都没想到，那鬼东西就爆炸了，就有同志倒下了——我的两个战友，上战场之前还和我同一锅吃饭的战友，还一起打牌开玩笑的战友，就这样牺牲了，他们被炸得血肉模糊，脚手都不全了！"

叔说，说完他的心情就很沉重，也难怪的，昨天还一起嬉闹的战友，转眼间，说没就没了，谁个心情好受？

叔接着说。

"越南他妈的全民皆兵，你看到一个放牛的，或者一个正在打猪草的，或者一个正在田里插秧的，你想到他（她）可能是一个老百姓，你没有戒备地从他身边走过，殊不知，他却有枪，冷不丁的，他就在你背后给你一梭子，我们好多战士，没有牺牲在战场上，就是这样死不瞑目地挨了冷枪，他们有些，还是准备把手里的干粮送给那些打冷枪的人的哟！"

叔说完，脸上就尽是愤恨难平，也难怪的，看他可怜，送东西给他，殊不知，他却是一条谋命的毒蛇，谁个不生气？

叔说完别人，就说自己。

叔说他们连打的是穿插，在穿插中，他负了伤，就与连队失散了。

他拖着疲惫受伤的身体追赶连队。这个时候，他就遇到了两个越南兵。越南兵已发现了他。双方都想俘虏对方。于是就扔了枪徒手搏斗起来。叔说，那简直就是一场天昏地暗的打斗，他与两个越南兵拳来脚往打了一个多小时，彼此双方的衣服都撕破了，脸也打肿了，身上呢，也被对方的军刀刺得血淋淋的。残阳如血，双方见都不能如愿俘虏对方，就拿起了枪，这就得看谁的手最快眼最疾，叔在家里学过武术，就占了先，两个越南兵拿起枪的时候，叔的枪就响了。

叔最后说，打完枪，他就像武松打虎似的软塌塌倒下了——他受的伤，以及搏斗，把他的力气全用完了，战友们是怎样发现他的，他又是怎样被送到医院的，这些，他都一无所知！

叔的战斗经历把我听得是心情激荡，叔太勇敢了，叔太伟大了！

可是我一直想不通，有着这样战斗经历的人，真枪实弹，枪林弹雨走出来的叔，为什么没有一个工作呢？要知道呵，当年和叔一同参军的，都经历了那场战争的我们县里的好多人，他们转业后，政府都给他们安排了好单位，有些人，现在都熬上副县级了呢！

叔的战友们开着小车来看叔的时候，我看一眼正躬着腰在田间劳作的叔，我就把我的疑问向叔说了。

"命，是命！"叔说。

我不明白，就问叔的那些开着小车的战友，那些战友说："你叔当了逃兵，要是他当时狠一点心，他的前途可能比我们还大！"

后来我了解到，叔在医院里苏醒过来的时候，医院里就转来了家里给他的电报，电报上说，奶奶在广播里听到前线打仗的消息后，就一直哭，把眼睛都哭瞎了。

叔是个孝子，一个星期后，他就顾不得伤好，也顾不得等领导批假的，就上了火车。

回到家，叔才发觉"奶奶眼睛都哭瞎了"是谎话，目的就是怕他死在战场上要把他谎回来。

叔要想重新回部队，可是部队已开除了他的军籍，要不是他作战勇敢，部队还要追究他的责任！

——叔就这样和他的那些战友形成了天壤之别！

你们该请我喝酒

小六子，你小子以为你了不起是不，不怕你年年拿奖学金，不怕你年年考系里第一，你小子，你得请我喝酒。

王二虎，你以为你牛气冲天不是，你小子的，你什么人都敢惹，记得有回老师让你五十九就五十九，你小子的刀马上就抵上了老师的背，老师被你吓傻了，加分吧，把你的五十九变成了六十。你牛，可你小子得请我的客，请我喝酒！

张美人，你美呀，美得像只天鹅，你目不斜视，你对可以站成一个排追你的男生从来没有所表示，哪怕是鼻子轻轻哼一声，你也很吝啬呀。可你，美得像只高傲天鹅的你，你得请我喝酒！

菜尾巴，菜尾巴，你小子就更得请我喝酒了，你小子没什么骄傲的本钱呀，成绩一般，人也老实得像个傻蛋，你小子，是那种可有可无的人呀，是那种地球离了你照转不误的人呀，说不客气点，碾死你，就跟碾死一只蚂蚁似的不会起丝毫的波澜！

小六子，王二虎，张美人，菜尾巴，你们以为俺是在说大话不是？

那就请听我慢慢道来——

小六子，你记得否，咱读的那学校是不包分配的，你别以为是你才高八斗艺压群雄分配的你？你小子也不跳出井口看看，你在咱哥几个读的那个小型专科学校里是第一，回到县里呢，你小子算什么，咱县里重点大学的第一都还没分呢？

王二虎，你杀得凶不是，你天不怕地不怕不是，进入社会，你算个俅；毕业回家第一天，你小子喝醉了酒在街上闹事，警察来劝你，你小子逞能的要打警察，警察"当"的一声给你小子戴上手铐，你小子的酒

马上就醒了，尿都顺着裤裆下来了，呵呵，你别以为我是在笑你哟！

张美人，你别以为你是只美丽的天鹅就可"女士优先"的先分哟，你也不睁眼看看，在咱那个小型学校里，矮子里拔将军，你够美了，美得娇艳欲滴了，可回到县里呢，你的美貌算得了老几，局长、县长们的小蜜，哪一个不比你姿色出众，哪一个不比你芳香诱人?!

菜尾巴，你小子就更懒得提了，他们都没竞争的本钱，你小子算什么呀，还是那句话，碾死你小子地球照样转，碾死你小子，就犹如碾死一只蚂蚁不会起波澜！

你们还不明白不是？你们还不请我的客不是？

小六子，你小子太不义气了，你小子在毕业那天，可是打好了包要去广州的一个厂里打工的，那个厂，俺知道，累死累活一月也就一千多。而你小子，现在坐机关呢，一天看看报，喝喝茶，月底，就能拿上两千多呢！

王二虎，你小子，按你小子的那个牛脾气，应该是个义气的人呀，可你小子也不够意思，我得提醒你，你与小六子不一样，小六子，多多少少还有点本事，可你呢，你小子，连个及格分都要老师照顾，你狗日的，纯粹是不学无术的流氓社会渣子一个。可你小子也有了工作了，一个月领一千八，看把你醉的！

张美人，你的姿色在县里算不得老几后，你也是准备着去打工的。你准备着走的那天，你还记得吗，你的老父老母泪眼滂沱，也难怪呀，一个独生女子孤身南下，做父母的，谁个不担忧，可怜天下父母心呀！是俺通知了你，俺的通知就像晴天里起了一个霹雳，当即就把你震愣了，你做梦都不会想到你会分在一个局里任秘书！

菜尾巴，你小子也不错，分去教了书，其实给你小子这工作，也是高抬了你，你小子，你这生活中翻不起波纹的小子，该饿死，该去乞讨，呵呵，别说我挖苦你哟！

我的话说到这个份上，你们都还不感谢我不是，你们都还那么吝啬不请我喝一顿酒不是，尤其那个张美人，那个所谓的张大美人，你最少得露个笑脸给俺呀，哎，俺的心都寒了。

看来，俺得抖底了，你们这一群不开窍的榆木疙瘩。

你们听好了，俺说了：你们的分配，搭了俺的东风，否则，县里是不分配的。县里要分配俺，可你们和俺是一堂的学生，只分配俺吧，怕你们去质问，或者去上访，于是就连你们一起分了，你们说说，你们是不是搭了俺的东风，你们该不该请我的客，该不该请我喝酒？

俺是谁，你们知道吗？俺的老头子是县委的张书记，呵呵！

没落下去的手掌

那一分钟，他是生气了，女儿竟然骂他瞎了。早上，他去喊还赖在被窝里的女儿起来读书。喊第一声，女儿唔的一声算是答应了他。待到他给女儿把洗脸水打好，可是女儿都还没起。他又喊了第二声。女二还是唔的一声答应了他。他去给女儿做早餐。早餐做好，他回身看女儿，哪里有女儿的影子！他急奔进卧室，这个小祖宗，怎么这样慢啊，再慢下去，可就迟到了。"婷婷，你快起呀，再不起，就迟到了。"这次喊的时候，他没注意女儿已经在穿衣服了。女儿看也没看心急的他，女儿从嘴里蹦出一句话："你瞎了啊，你没看见我在起吗？"

他当即就有了种站不稳的感觉，他想不到自己伟大的父爱换回来的竟然是女儿的一句"你瞎了"，在他心中，他一直认为自己是与"伟大的父爱"匹配的，女儿要什么，他都肯买，哪怕是花掉他一个星期薪水的物件，只要女儿喜欢，他都会毫不犹豫地买，他一直在努力地让父爱的阳光照满女儿童年的每一个角落——给她撒娇的怀抱，为她做世界上最好吃的东西，把她打扮得像她的同学们那样漂漂亮亮的！

伟大的父爱换来的却是"你瞎了"，一阵颤悚后，他伸出了手，他想给女儿一记响亮的耳光，得给她点记忆，这个不知好歹的家伙。

十岁的女儿在他站不稳的身形上似乎预感到自己说错了什么，但执拗的她没有开口认错，她只是把头埋下去默默地穿着衣服裤子。

他的大手快要抢到女儿脸上的时候，他怔住了，这只手掌，可还从未打过女儿啊，这只手掌，有的只是留给女儿的欢笑：曾经拉着女儿爬过山，曾经用来刮过女儿的小鼻子，曾经，曾经用来拥过女儿入怀！

不，不，这太残忍了，他收回了那只欲打下去的手掌，这支手掌若落下去，将击碎他在女儿心中温暖慈爱的形象！

他默默地对女儿说："早餐已整好，你吃了，赶紧上学去。"

在他心中，一个"逼"女儿认错的主意也想好。

中午，女儿放学，他要去上班了，他给女儿说："婷婷，爸爸的眼睛看不见了，如何去上得了班啊？上不了班，又拿什么给你交学费，拿什么给你买牛奶啊！"

晚上下班回来，女儿拿着作业请他签字，他说："婷婷，爸爸的眼睛瞎了的啊，难道你不知道爸爸是瞎子吗？"

他想上厕所了，他给女儿说："婷婷，快来拉爸去厕所吧，爸的眼睛瞎了呢，一看一个模糊，直打昏哩。"

看完电视洗了脚，他给女儿说："婷婷，给爸找双鞋子来吧，爸爸是瞎子呢，看不见哩。"

他看见女儿的头一次又一次地埋低下去。

他在等——

第三天的时候，执拗的女儿终于忍不住了，女儿扑地一声哭了起来，"爸爸，你打我吧，打你不懂事的女儿吧！"

他呵呵地笑了，女儿终于在他的温婉中认错了……

后来，他还在女儿的作文中看到女儿写了这一件事，女儿说，爸爸的温婉堪称天下第一，如果他当时就给了我一巴掌，一巴掌就一巴掌吧，反正我说错了，该打！爸爸的伟大在于让我不认错都不行，我如果不认错，我将无法抬头注视他给予我的父爱。我为有这样一个温婉的父亲而骄傲，他的慈祥和睿智将照满我童年的心灵，并将鼓励我前进：做一个善于思考的人，遇事三思的人。爸爸，我爱你！

"做一个善于思考的人，遇事三思的人"，这样的结果，他可彻彻底底地没想到，呵呵！

打工的女人

秀儿白天路过那商店的时候就有了念想。

那是一家性用品商店，它门面上的广告打得非常显眼：火辣辣的热情火辣辣的爱，疼死爱死醉生梦死不白活一回；字眼下，大幅的男女相拥图，很容易就让人想起那种事来。秀儿经过的时候，这商店正在搞促销，发传单的艳女塞给秀儿一张，然后暧昧一笑地说，"大姐好好看，不白活一回。"秀儿低下头去看那传单，秀儿的脸马上红了，那传单上印的都是性器具，有女式的，有男式的，各种各样，闻所未闻见所未见。

秀儿是第二天走进那商店的，第一次进这种商店，多多少少都有点迈不开腿。秀儿一直捱，捱到最后一个人走出了商店她才慢腾腾地走了进去。秀儿在柜台边睃了起来。卖货的老板是个涂得浓妆艳抹的女人，她看见秀儿了，就迎了上来，热情地冲秀儿招呼，"大妹子，瞧中了哪款？"秀儿埋着头没说。她又热情地叨咕："你们这些长年在外打工的女人呀，年纪轻轻，老公不在身边，守活寡哩。"秀儿没搭理她。她又翻动推荐的口舌："妹子，要买就买这一款，这款不瞒你说，那个爽呀，翻江倒海……"说着，她拿起一款男式性具给秀儿，"妹子，就这款，要多爽有多爽，不爽退钱。"秀儿抬眼看她，仿佛看见了一张正在高潮中迭起的女人的脸，秀儿脸一红，"大姐，你说什么呢。""妹子，别害羞，有什么害羞的，男人不在身边，谁没有七情六欲。"秀儿没接她递过来的男式性具，眼睛继续在柜台里睃。"那你自己瞧，根据自己的身体情况选用。"老板不再推荐，眼光随着秀儿眼光移动。秀儿眼光睃了一阵，在一款女式性具上停了下来。老板很吃惊地看着秀儿，"妹子，你是个同性恋？！""你问这么多干啥。"秀儿说，脸又是一红。"你看我这乌鸦嘴，同性恋怎么啦，现在都流行同性恋呢。"老板怕跑了生意，急忙打自己的圆场。接下来，秀儿就买了那款女式性具，然后匆匆地付钱，这种地方，要是遇上熟人，那多别扭呀。

这晚，秀儿枕着那款女式性具，天上的星星忽愣忽愣地眨着眼，月光透过窗户柔柔地水似地泻进来，秀儿在月光里睡得安详平静，她嘴角的小酒窝，旋出一道道粲然的微笑。

秀儿想好了，明天就把那东西给没出来打工的男人二虎寄回去。二虎那愣小子，打工的出息没有，可干那种事情却不含糊，三天不来，他就砸桌子砸墙；村上煤窑里卖那种东西的女人可多哩，还有村子里的一帮小寡妇，干材烈火，他们会不搅作一团？

笨拙的母爱

　　他一直想教会母亲打电话，他不大落家，教会母亲打电话，母亲有个什么不便的时候，可以直接呼他。

　　不想，教母亲打电话，他感觉比登天还难。他先教母亲认识数字，0、1、2、3……他教了数十遍，母亲先是认识了，可过了不到二天，母亲又给忘记了，把3认做5，把7认做4，6和9，她老人家更是难以区分。他的心里止不住的就有点恼怒，他冲母亲说："外婆，外公真该枪毙。"母亲说："那时候家贫，上不了学啊。"他就反问："那我大舅他们怎么识字？"母亲就一下子无语。接下来，母亲就艰难地认起那些数字来。还好，经过一个星期的死记硬背，母亲总算记住了那些数字。他就教母亲打电话。他给母亲买来一部手机，指着那些按键，他教母亲："妈，我的电话是13785469321，你如果要找我，就先按1，然后按3，再按……最后按拨号键。"母亲按他说的做，嘟的一声，他的电话响了。"打电话就这样简单。"他喜悦着冲母亲说。母亲的嘴也笑得咧开来，连说"高科技真奇妙！"教会了母亲打电话，他的心平稳些了，最少，他可以放心地在外闯荡三年两年了。

　　半年后的一天，他的电话在一个深夜里骤然响起。电话是医院里打给他的。他赶到医院，只见母亲虚弱地躺在病床上。医生给他说："小伙子，你怎么搞的，老人摔伤半年了，你怎么不送她来医院？"他用眼光质询母亲，"妈，你摔伤了，你怎么不打我电话，我可教会你打电话了的啊。"母亲就一阵局促，然后说，"那些个键，尤其是那个拨号键，我找不着了。"

　　母亲出院后，他就教母亲认拨号键。

这次，更是难教。母亲老是把那个接电话的键认做拨号键。他有点生气，如果母亲不是不是母亲的话，他真想说了：教你，比教头牛还难。母亲越认越乱，认到后来，连那些数字键也认得颠三倒是了。母亲有点哀婉地对他说："儿子，你就别强迫你老妈了啊，你老妈不识字，学这些个东西，真的很难很难。"看着母亲像有点乞求的样子，他的心软了，他哎地长叹了一声。

这年春节，他回家过年。刚进他们住的那个院子，他就听见了母亲和张阿姨的对话。张阿姨说："哎！我家那小子来电话了，说今年又不回家过年了。"他听见母亲给张阿姨的声音："谁叫你学会打电话啊？像我，我不会打电话，我家那小子得回来过年，嘿嘿。"

他的心里禁不住地一怔。以后，他不再教母亲打电话。

山顶洞人

考古学家刘源教授是在大山深处发现那群人的。

那天早晨有雾，远处的一切都影影绰绰。透过密林的缝隙，刘源教授看见了远处的山头上有人，他们或跳跃，或手托下腮坐着反思，或追逐打闹，偶尔可听到原始人群发出的那种嘶鸣声。

四周雾霭沉沉，一切都笼罩在一种古朴原始之中。刘源来了兴趣，这别不是一个还未"开发"出来的原始民族吧，果真如此，自己此行也算是不虚此行吧。

刘源沿着山路就一个劲儿地朝那个目标走去。山道上走来一个采药的老翁，刘源指着远处山头上的人影问老翁，老翁抚着长须一笑："那是我们这儿的山顶洞人。"

"山顶洞人？"刘源兴趣更浓了，这是对几十万年前北京人的称呼，想不到，他们的踪迹在今天还能找得到。刘源还想再问些什么，老翁也抚须而去，留下一句话："你自己去看看是怎么回事吧。"

刘源又沿着山道走。走了大约三个小时，来到了那个山脚下。站在山脚下，只见山头的正下方有一个天然形成的大洞。

刘源顺着陡峭的小道蜿蜒爬上，很快，他就到了那个洞口。

站在洞口，刘源看清楚了洞内，只见洞内有几个老人正在喝酒，在他们的周围，堆得有一应的日常用品，譬如棉被呀，方便面呀什么的，对喽，还有可以供现代人娱乐的扑克麻将，那些扑克麻将甩得到处都是。

几个老人显然看见了刘源，他们一连声地招呼着："进来喝酒，进来喝酒。"这完全是现代人的生活，说不定这是一群闲得无聊上山来搞野炊

的闲人。

刘源狠狠地拍了自己脑袋一巴掌，直骂脑袋，都是你猎奇心理作怪，哪来的山顶洞人！

刘源没搭理几个老人的招呼，返身而回，他可没闲情去品酒，还有很多的考古任务等着他去完成。在返回的路上，一个问题突然蹦了出来，那个采药的老翁为什么说这群人是山顶洞人？是戏称？不像！

"那是我们这儿的山顶洞人。"老翁的话清晰地响在刘源耳际，"我们这儿的"这说明这群人是经常或长期在山洞里居住。他们为什么要在山洞里居住呢？刘源陷入了沉思。

带着这个问题，刘源一路绞尽脑汁地想着，在山道的正中，刘源又遇见了那个采药的老翁。

老翁正在采一株山药，刘源紧走上去，把心里的疑问抖了出来。

老翁抚须一笑："你们高高在上的人，哪里知道山里的小世界。"

"愿闻其详。"刘源给老翁掏出一支烟，然后恭敬地点上。

老翁喷一口烟雾："就说给你听吧，反正我也是八十有余的人了，不怕死，死不足惜。"

"有这样严重吗？"刘源在心里直嘀咕。

老翁一边吸烟一边说："你看到的那一群人，是我们乡里最不会说话的人，也就是说他们是不会说乡政府好话的人。譬如上面要来检查某项工作的落实情况，问到他们，他们都会据实而告；还有些人，是乡政府教不会说话的人，上面要来检查，乡政府就派人专门教他们说得了什么什么，可这些人记性很差，老是记不住。对这些不会说乡政府好话和记性很差的人，乡政府就在上面来检查工作的时候，把他们集中在那个山洞里，以免他们暴露出乡政府的造假工作。每年他们都要在那个山洞里住上十天半月，时间久了，我们这里的学生娃子就喊他们做山顶洞人。"

老翁说完山顶洞人的来历，又无限忧伤地说："由于上级检查时间的不确定性，那些人有时在山洞里住的时间更长，记得有一次，他们住了差不多一个月才下山。由于时间长，有些人就很想家，很想儿女，很想老婆，你今天早晨看到的那些跳跃、沉思、追逐，以及偶尔听到的嘶鸣

声，都是他们的一种发泄方式，真的有点可怜。"

刘源愤怒了，这完全是对一种人性的扼杀。

当晚，刘源就写出了一篇轰动全国的文章："考古最新发现——大山深处惊现新时代山顶洞人，血泪深深"。

比目鱼的眼泪

比目鱼阿三庆幸自己遇到了一个善良的垂钓者。

水中。透过薄薄的水层，阿三看见闻见了一坨芳香四溢的食物。自打潮湖的水面被污染后，阿三家族就进行了大迁徙，还好，在潮湖的下游，它们找到了现在这一块还比较清静的湖面。经历长途跋涉的阿三饥肠辘辘，看见闻见芳香四溢的食物，它就扑了上去，呵呵，可以美餐一顿了。

阿三被提了起来，哦，那坨食物是一个垂钓者下的诱饵。

阿三挣扎着被那个垂钓者拿到手里。

"好漂亮的比目鱼哟！"阿三听见那个人感叹。

"我们这里不产比目鱼的呀！"阿三听见那个人自问。

阿三再挣扎，那个人就把阿三放入了水里。阿三的鱼尾划过薄薄的水面，阿三听见那个人的自言自语，"这么漂亮的鱼，把它吊起，且不是可惜了，就让它美丽这一湖的水面吧。"

阿三有过这样三次的经历，幸运的，三次，那个垂钓者都放了他，阿三也不知道是不是同一个人钓起的它，反正它都觉得钓起它的人挺亲切的，它清楚地记得它第三次被放生的时候，那个人轻轻地拍着它胖胖的身体说，"漂亮的小比目鱼儿哟，你怎么这样调皮，老是来扯我的鱼钩，看，你把我想钓的大龟都吓跑了。"

这是一个善良的垂钓者，他的垂钓只为消磨一时的闲情逸致，他是不会对美丽的比目鱼下手的。

阿三回去的时候，就把三次上钩三次被放的事情给它的整个家族说了。

家族的长老央哥说不信，它说要亲自试试。

阿三就把央哥带到了那个经常散发着芳香四溢鱼饵的地方。

央哥去咬了那坨芳香四溢的鱼饵。

央哥被轻巧巧地提离水面。

"又是你这可人的小比目鱼呀！"那个人把央哥从鱼钩上拿下来。

央哥闭着眼等死，人是贪婪的，哪有到手的鱼儿人会放手的，他们恨不得将所有江河里的鱼儿一网打尽呢。

那个人端详着央哥，央哥听见那个人的自言自语，"漂亮的小比目鱼呀，我给你说过多少遍了，叫你不要再来捣蛋了，可你老是来，你真的是太调皮了啊。哦，你就像我那五岁的儿子，我给他说，爸爸累了，你别再踩爸爸的肚皮了啊，可他还是踩，呵呵！"

那个人说着，手在水里一划，央哥就潜入了水里。

央哥回去，就把比目鱼阿三喊了来，央哥对阿三说，"你说的事，我信，那是一个善良的垂钓者，对喽，他还有一个五岁的儿子，他说我们像他的儿子一样调皮。"

一个风和日丽的日子，湖面上荡起轻轻的涟漪。

央哥带着它的比目鱼家族在水间穿行。

还是那坨熟悉的芳香四溢的鱼饵。

所有的比目鱼都围了上去。

一张大网徐徐地抛下。

央哥，比目鱼阿三，所有的比目鱼都被网了起来。

央哥安慰它的比目鱼家族："大家别慌，我们是会被放生的，这是误网呢。"

但是央哥和它的比目鱼家族很快地就失望了，它们看见它们被装进一个有水的箱子里。

一路颠簸，它们来到了一家高级餐馆。

央哥看见它的一个家族成员被搁在一块木板上杀。

"这是怎么了？"央哥问还喘着气的阿三。

"我也不知道是怎么了？那个人，那个钓起我们又放生的人，他不是很爱我们的吗？他不是说我们像他的儿子一样调皮吗？"阿三喘着气也觉

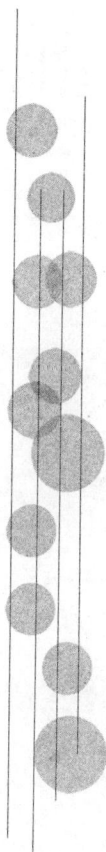

得莫名其妙之极。

轮到央哥上板了，央哥使劲一挣，从那板上挣了下来。那个拿着刀的屠户把央哥拣起，他把央哥使劲压在板上，央哥听见他狠狠的说话声，"你这个家族，就坏在你这头蠢猪身上，你要不发话，你的整个家族会被网起来吗？"

行走在水里的鱼的智力怎比得上行走在岸上的人的智力，央哥和阿三的眼里溢出泪来……

李小蔓的婚姻保卫战

　　无疑，李小蔓是我们这群老同学中体形保持最完美者。她的身肢还是那样的健美，腰部，胸部，臀部，都还跟二十年前一样魔鬼般的诱人。

　　她的声音也还保持原样，婉转，亲昵，富有磁性，一曲"月朦胧鸟朦胧"仿佛把我们大家伙拉入了那个青涩的时代。

　　她的性格也没改变，仍是那样活泼和魅力四射。一场老同学聚会，她跟二十年前一样，像只翩翩飞舞的彩蝶，只听到她的笑声，歌声。

　　看看李小蔓，再看看我们自己，我们都不禁地生出感慨来，人家这是怎么活的呀，都奔四的人了，可人家还像个小姑娘！

　　月牙儿隐去，酒店花园里的虫们不在啁鸣的时候，我们几个姐们同睡一室，我们向她请教起了绝招。

　　李小蔓告诉我们，她说她搞过腰肢整形术。

　　我们说，那很贵吧。

　　她说，钱不重要，关键的是要美丽。

　　我们又怪笑地问她，你那挺拔得像小山的胸脯也是整形过的吧。

　　她说是，还说整形乳房的手术非常简单，就是往里填东西。

　　我们又问她保持声音的秘诀。

　　她说这个就不好整形了，得像歌星那样不吃辣椒，得经常吃一些润嗓的东西和药，还要坚持不懈地练嗓子。她告诉我们，她十几年如一日，每天清晨都"咪嘛"地唱。

　　我们再问她是怎样把性格如此那样地保持下来的？

　　她说这更难，她冲我们长叹了一声，毕竟是人到中年了啊，好动和富有激情也不是年龄的天性。

79

我们要她不要保守。

她就说这是毅力的考验，一句话，坚持吧，努力吧，使自己不落伍，永远都充满激情。

我们问她保持体形呀性格呀这些累不累，她反问我们，你们说，美丽和累谁重要？

我们说要美丽也不要把自己搞得太累，戴着面具的生活真的够辛苦的。

她说她没感觉到累是一种辛苦，相反，她很幸福，她问我们，你们的先生还会挽着你们的手从容地上街吗？在某个场合，你们的先生还会那么自信地给人介绍，这是我太太吗？

我们都无言，也许她的话是对的。

第二日天明，我们作登山前的准备。

我们看见她吃药。

我们问，你昨晚感冒了吧？

她说没。

我们看那盒子，那是一盒激素类的药，说明白了，就是春药。

她告诉我们她天天吃，她得靠这药来维持身体所必需的那些精力。

我们想告诉她这种药吃多了不好，但想到她的幸福，我们也觉得说出来很苍白无力，懒得说了！

第三天，同学聚会结束，我们彼此交换了 QQ。

一天，与她聊天，我有了进入她 QQ 空间的想法。

在她的 QQ 空间里我看到了她写的一段心情日记：做女人，得美丽快乐地活着，这样，别人才不会占你的房子，也不会来打你的孩子。

我真不知道该怎么给她留言才好，也许她说的话是对的。

在一件衣服前惭愧

他是在厕所里遇见那个盲童的。

这个盲童，他曾经无数次目睹过，盲童就住他那条街上。

他对这个盲童无好感，看着盲童的盲杖在地下指指戳戳摸索，遇着沟呀坎呀的，盲童就无招了四处张望求救的时候，他常常地想，这样一个生命，怎么能留在人世间呢，怎么能应付得了人世的艰险，人生的坎坷呢？

他在厕所里刚蹲下，那个盲童就敲击着盲杖笃笃笃地进了厕所。

盲童在一个离他最近的蹲位上蹲下，动作熟练得与正常人没有区别。

看到盲童的熟练，他突然来了交流的兴趣。

"你不怕跌进厕所？这厕所可是老式厕所，跌进去，粪水可要齐人的肩，危险着呢。"他说。

"我娘在我五岁时就教我进厕所，她要我牢牢记住各种蹲位的特征——其实我也不怕的，我有问路棒。"盲童说，盲童向他举了举手中的盲杖。

"你眼睛见点亮不见？"他又问。

"见，我看得见太阳是红色的，草是青的，天空是蓝色的，对啦，我家里的那些个盘子，有一个上面有条鱼，是金色的金鱼，还有一个上面好像是一朵玫瑰花，鲜红鲜红的，非常惹人喜爱。"

"你看得见我手上有什么没得？"他从蹲位上把手伸过去，他想考考盲童是不是真的看得见。

"你手上捏着解手的纸。"盲童说。

"你根本就看不见！我手上是个打火机，"他将手缩回，"作孽呀作孽，这样一个生命活在世间，把这个生命留下来的人，简直是犯罪。"

"我就觉得你手上的东西像个打火机，纸揉成条，不是打火机是什么？"盲童想掩饰自己的窘境。

"你还很虚伪呢，看不见就看不见吧。"他说。

"我真的看得见，我感觉得到光线的存在呢，谎你是小狗的。"盲童还想力挣。

"你长大了准备干什么谋生？"他换了个话题。

"算命。"盲童答。

"那能挣多少钱？"

"听我师父说一天能挣十到二十元吧，运气好的时候，能上五十。"

"这就够你活了？科学越来越先进，如果有那么一天没有人算命了呢？"他感叹。

盲童不再回答，幼小的心哪里考虑得这样长远，更何况是对一个双眼失明的孩子。

"我觉得那个将你留下来的人该杀。"他顿了顿舌头说，在他的想象中，留下盲童的人，既给社会增添了负担，又害了孩子，尤其是在害孩子方面，简直是让孩子痛苦一生。

"你是说我娘吧，我娘说，她生下我，我爹发现我是个瞎子，就想掐死我，是我娘拼着命留下了我。"

"我认识你娘，和她同一条街，她住上街，我住下街。"他说。

"你认识我娘，那你就一定知道我爹给我买新衣服这事了。你看，这是我爹给我买的，我娘说，爹虽然恨我，但血浓于水，爹还是爹，这不，他今年就给我买新衣服了呢，我不知道什么时候才能见到他，这心里天天都在念他呢。"

盲童说着，就炫耀着从蹲位上站起来，要他看爹买的新衣服。

他抬起头来看盲童的新衣服，他的眼睛湿了，少顷，他还有点像小孩子似的抽泣起来。

他就是盲童的父亲。那年，妻子生下了双目失明的盲童，他说与其让盲童日后遭罪，不如现在就弄死，是妻子拼着命救下了盲童。为这事，他一气之下和妻子离了婚，虽然还在同一条街住着，但他却未再登过妻子的门一次，他想不到的，原来妻子一直没教儿子恨他，她一直都在帮他履行着一个父亲的义务，买件衣服都说是他买的。

他最后决定和妻子复婚去，好好地爱他们的小盲童。

错 位

　　女儿知道她喜欢听音乐会，吃过晚饭的时候，女儿就对她说，妈，今晚省歌舞大剧院要举行音乐会，我请你的客。

　　还会讨好你妈了呢，她笑。

　　知母莫如女嘛，女儿撒娇。

　　母女两个说笑着的就朝省歌舞大剧院走去。

　　大幕徐徐拉开，演奏的音乐家登场。

　　她真没想到演奏的竟是他。

　　她和他曾经有过一段刻骨铭心的恋情。

　　那是二十多年前，那时的她是县文化馆的一名演出人员，他呢，是县文化馆临时招聘的创作人员。他写。她演。他写的曲子像是为她量身定做的衣服，每一支都是那么适合她。她唱他写的曲子，每一支，她都能给他酣畅淋漓的表演出来。他们，就像命运中所说的彼此相知，前辈子注定心灵相通一样，他们的默契浑然天成。他们就这样的相爱了，就这样的在音乐中陶醉了。他每天为她写一首曲子，他说每天不为她写一首曲子，他的心里就很难受。他们拿着曲子到大海边去歌唱，他们共看潮涨潮落，共看海鸥在云际间翻飞，共看海天成一色……

　　但后来她还是离开了他。

　　原因挺简单，他是临时招聘的，能不能转正还是个未知数。

　　其实最重要的，是父母给她介绍了一个条件非常优越的男人，那人在省里工作着，年纪轻轻的，就已经是个副处长了。

　　她跟了副处长，过着养尊处优的生活。

　　养尊处优的生活也会空虚无聊，空虚无聊的时候，和那个每天为她

写一支曲子的人的那段日子，就成了她的回忆……

后来，她有了女儿，她就将那段回忆淡忘了，加上副处长对她也挺好的。

今晚的演奏会，她听得是心潮澎湃。

他演奏的曲子，有好多首都是他当年为她写的。

不同的是，技法变得更为娴熟。

感情更是激越，像是经历了某种挫折后的迸发。

这一切，只有她才知道。

她的眼泪在演奏声中不自觉地滑落。

……

大幕徐徐拉上，音乐会结束。

全场听众很久才离去，他们都被音乐家高超的演奏技巧和所营造的音乐气氛给陶醉了。

她和女儿走出剧院，女儿看到她有过泪痕的脸，就说，妈，你哭了。

女儿说完，眼里就有一种窃不住的喜。

哪里呢，她说，她欲掩饰自己的窘相，不能让女儿的看出自己的心事，那样，女儿还不把自己看扁了：原来妈妈是个为了物质放弃爱情的人！

妈，你对这种演奏风格中意否，女儿又问。

中意，只有音乐家才有这种演奏水平，只有经历过了艰难困苦挫折的人才能这样演奏得打动人心。

她回答，她的声音里有一种苍凉悲怆，想不到的，二十年过去，当初的那个他，那个连自己能不能转正都是个未知数的他，竟也成了一个音乐家！造物弄人啦！

接下来，女儿告诉她，女儿说，妈，他就是我的男朋友，他现在是我大学里的声乐老师，因为担心年纪悬殊的原因怕家里反对，就借着省音乐家协会为他开专场音乐会这一契机先投石问路的争取意见……看来，还是满意的，取得了妈妈的满意，就成功了一半。

女儿说完，脸上就徜徉着一种幸福。

她一怔的，她一下地明白了女儿今晚请她听音乐会的企图……

男人身上的香水味

女人眼中的男人，老实，木讷，猥琐，总之，女人看男人，怎么看就怎么不顺眼。

女人的一帮闺中密友聚会，要求都带先生，女人就拉了男人同去。会上，女人那帮姐们的先生都谈笑风生，唯独女人的先生不苟言笑坐着默默地嗑瓜子喝茶。女人当时心里就有一种莫名的火起了，看看人家先生多健谈，再看看自己的先生，哑得只会嗑瓜子，丢大人啊！回到家里，女人就冲男人发脾气，你哑了啊，你几辈子没吃过瓜子了吧？男人先是一怔，待他明白女人的意思后，就冲女人呵呵一笑地说："艳絮，不是我不想说，不是我不想在你那帮朋友中也潇洒走一回，只是，只是那帮先生也太趾高气扬了吧，我与他们插不上三句话呢！""你也不会打打擦边球？"女人仍然是一副委屈的样子。"看到他们手上带的那些光灿灿的戒指，我就有点作呕的感觉。"男人说。"我怎么会找上你这样一个榆木脑袋啊？"女人一顿足，仰望窗外，几只鸟儿飞过，女人的眼里委屈得溢出泪来。

又是一次，这次，女人与她的一个朋友去逛服装超市，当然，双方都是带了先生的。女人与她那朋友都瞧上了同一款服装，那服装挺贵的，要三千元。朋友的先生拥着朋友，宝贝，你眼力真不错，撒撒娇，我给你买，朋友就嘟了嘟小嘴，先生就潇洒地数出了三千元。女人这个时候也想撒撒娇，让自己的男人买，可女人抬眼，男人已站在另外一款便宜的服装前了。女人当即就觉得很失面子了，不懂风花雪月的死男人哟，你竟然连一次撒娇的机会都不给你女人哟。回到家，女人仍是很生气，男人就歉意地说："艳絮，我知道你的意思，可过日子得实在啊，我们的

房款都还没还清呢？"男人说这话的时候，带着千万个小心，陪着千万个笑脸，女人一下感觉到了男人的猥琐，看三千元就把他吓成这样子，真的是个提不起的小男人噢。

以后，女人就再也不带男人出门，男人真的太木讷了，太猥琐得笑人了，带去，只会给自己丢脸，让自己抬不起头来！

女人的交际比较多。

女人回来晚的次数多了，男人就问女人，你今天又和哪些人在一起了？

女人就一副玩世不恭的样子，和其他男人啊。说完，女人又刺激似的给男人说，你要是个提得起放得下的大男人，是个大将军式的男人，我也不会去找其他男人玩啊。

男人当即就有点生气了，他捏紧了拳头，脸涨得通红。

我说得不对吗？女人继续揶揄男人，你哪一件事提得起放得下过，你干过的哪一件事是像男人干的，三千元，就把你吓得屁滚尿流了呢，你连去借三千元哄你老婆的勇气都没有呢。

女人越说越得劲，我们单位里的好几个男人都闹出了桃色新闻，你要是能闹出一桩给我看看，也算给我们平淡如水的婚姻增加点小刺激。

男人的拳头越捏越紧，他咯咯地在空中挥舞着拳头，你，你，你太无聊了，鼓励自己男人去找野女人，亏你也说得出口。

不是吗？你要有出息，你去带一个给我看看。女人仍然似笑非笑，死男人，给他一百次的机会，他也带不回一个女人来，自己当初真的是瞎了眼啊。

"你别把人看得太瘪了。"男人摔门而去。

以后的日子，男人与女人很少说话，他甚至连一些必须说的话，譬如"请你吃饭了""该上班了"都用动作来代替了。男人，当真是沉默寡言了。

女人发觉真正的有点不对，是从一个晚上开始的。那晚上，男人一上床，女人就闻到了一股淡淡的香水味。

死老公，还真的找上了其他女人呢？女人心里顿时就是一个激灵。

当晚，女人没说什么，是自家个要人家去找的呀，怪得谁！

但男人身上天天有香水味，女人就不能忍了，随便说说，他还当真了，他还放纵了，真格的不把自己女人当回事了吧。

在一个夜晚，在一个女人实在忍受不了的夜晚，女人就扭住了男人的耳朵，"老实交代，你和谁好上了，香水味都带回来了呢。"

男人就一梗脖子，"和谁好上与你有什么关系呀？你不是欺侮我不会外遇吗？"

"好啊，给你棵棍子，你还向上爬了。"女人大闹了起来，他妈的男人，咋说变就变了呢，比六月间的太阳娃娃的脸还变得快。

男人就一副得意洋洋的样子……

女人决定把那个狐狸精给揪出来，哎，说男人这样不好那样不好，关键时候，还是怕男人出轨啊。

女人放了男人两月的哨。

两月的时间里，女人没找出一点蛛丝马迹，男人当真是做得滴水不漏了。

女人决定与男人离婚。

男人一个长叹地对女人说："该告诉你一切了。"

女人说："没什么说的了，你这种男人，老婆叫你去找别人你就真的去找了，没什么留念的。"

"我真的没做什么对不起你的事，在你的一番'瞧不起'下，我有过一千次外遇，一千次离婚的想法，但这种想法完全被压了下去，因为我们还有一个可爱的孩子，我们离婚了，孩子怎么办？还有，我们曾经有过一段那么美好的爱情，那是做不来假的啊，荡人心魄，充满回忆！"

女人就泪涟涟地哭了，"可是，可是你身上已经有别的女人的香水味了。"

男人就把女人拉进了卫生间，男人告诉女人，我的香水味就是这样来的啊，你别笑话我啊。

女人看见，男人从包里摸出一瓶香水，然后男人就往身上洒。

女人当即就哭得不成声了，冤家啊，我给了你多大的委屈啊……

女人最终知道自己错了，她竟然把他们的爱情世俗化了，可幸的是，她遇到了一个好男人！

爱情的猝不及防

石群和白江是眼看着就要踏上红地毯的人，他们已恋爱了两年，彼此都对对方十分满意，商量在"五一"这一举国欢庆的大喜日子结婚。

可就在"五一"的前一个星期，却发生了一件意想不到的事。这件事是这样的：石群和白江去商场采购结婚用的东西，采购好，二人手挽着手走出商场，这时候，一个男人，也就是石群的前男友李明，突然出现，并且以迅雷不及掩耳之势劫持了石群。

"老子和你自高中时就谈起恋爱，没想到你一认识白江这狗日的，你就把老子给甩了，七八年的感情呐，你们不让老子活，老子也不让你们活。"李明刀架在石群的脖子上，满脸凶光。

一切都发生得太突然，突然得令人来不及思索，"李明，你别胡来，你别胡来呵"，白江脸都吓白地说。

"你狗日的白江，你不是很爱石群吗，老子今天把她废了，老子得不到的东西，别人也甭想得到。"李明的刀在石群的脖子上磨起来。

石群眼巴巴地、乞乞地看着白江，眼里满是求生的欲望。

"李明，咱们谈个条件吧。"白江经过刚才的一阵冲动，逐渐冷静了下来，他想，越是冲动，越容易使李明这小子铸成大错，所谓逼狗急了还咬人呢。

"谈钱吗，老子不缺钱。"李明一副玩世不恭的样子。

"那你需要什么？"

"为了表示你和我谁最爱石群，咱们来个古希腊决斗，你如能让我捅你三刀，那就表示是你最爱石群，我呢，也从此放手，绝不再插足你们的生活，我说到做到。"

好野蛮的方式，白江想另外换一种赌法，三刀下去，不知道还有命没有呢。

"你要明白，这是唯一的选择，其他都免谈。"李明一句话封死了白江另外换一种赌法的路。

"白江，你别听他的，他是个疯子，你死了，我也不想活了。"石群挣扎着，涕泪涟涟。

"你小子，说话当真?"白江看着心上人欲死觅活的样子，他的英雄气一下被激了起来，自己老说爱石群胜过爱自己的生命，是表现的时候了，否则，岂不被石群笑掉牙。

"白江，你混侎呀，你糊涂呀，你逞什么能，你爱我是这样表达吗，你即使挨了刀子，他也不会放过我的呀。"石群呼天抢地大哭起来。

"来吧。"白江挺了挺肚皮，迎着李明走去。

围观的人挤了里三层外三层，大家屏声敛息，静看事态发展。

李明一手拎着石群，另一只手拿刀朝迎着走来的白江毫无顾忌地捅去，一刀，两刀，三刀，那个狠劲，人们只感觉到眼前是鲜血淋淋，有胆子小的，已惊叫着将眼捂了。

再说白江，三刀下去，他整个人就像团棉花软塌塌地倒了，他只觉得全身虚脱，眼睛看人都模糊了。

"白江，我的好老公，你够格的，为了我，你连命都不要了。"石群抱着白江呼喊。

原来是一场爱情考验游戏，那把所谓的刀子，是一把仿真的弹簧刀，那刀捅下去，会自动缩回来。

围观的人群作鸟兽散。

"我没有死吧?"白江捂着肚皮，还沉醉在梦中地说。

"傻瓜，考验你呢，就要做你的新娘了，我对你还有点不放心，所以就和我的前男友李明合演了这场戏。"石群惊喜着向梦中的白江解释。

一场虚惊，白江陡地从地上跃了起来，"石群，我的老婆，这回你该相信我说过的话了吧，我说过，我爱你胜过爱自己的生命，不假吧?"

"不假。"石群激动得热泪盈眶。

俩人就当街吻了起来。

吻着，吻着，只见白江像倒根电线杆似的啪地一声重重倒在了地上。

"亲爱的，我的心脏，我瞒了你的，先天性的风湿性心脏，一惊一乍，我承受不起了。"白江留下这样一句话就走了。

石群哭呵："白江，是我害了你呀，我别出心裁的考验什么呀？"

"他有心脏病，他瞒了你，你还哭什么，要是你和他结了婚，能长久吗？"一个最后走的围观者劝悲伤的石群。

石群听了，就不再哭了。

母亲和一场赌

那阵儿愣子正输着。

时间已是晚上一点，母亲翻了个身，看愣子他们还在打牌，就喊，你们咋还不睡觉，明日还有事呢。

愣子头也不抬，他的全部精力正集中在打一张牌上。今晚手气霉，几个老表来串门，打着了他，都输了一千呢。愣子用鼻头哼了一下，知道了。知道了就快睡吧，母亲侧过身，不再理会这一帮子正在兴头上的人。

母亲第二次醒来，是缘于愣子他们抽烟。时间已是晚上二点，人困马乏，愣子他们靠抽烟来提神，尤其愣子，手气不好，一根接着一根地抽，抽得火捻子忽忽地闪。你们可不可以把窗户全打开，母亲干咳着说。我们把烟灭了吧，愣子提议，自个先把烟捻灭，此时，他连起身去开窗户的时间都没有，他已经输了上了一千五，得抓紧时间赢回来。

母亲第三次醒来，是愣子他们的声音大吵醒了她。几老表的，别为了打牌伤和气，母亲说，弄得床吱吱呀呀地响。愣子听着就有点烦，他说妈你能不能小声点，此时，他已经输上了二千，心里头窝着一股子火，听不得一点怪声调。还嫌你妈老了呢，母亲嘟囔一句，蒙头睡去。

母亲第四次醒来，是公鸡的打鸣。愣子的几个老表来串门，每个人都拎了只大公鸡。此时已是凌晨四点，几只大公鸡喔喔齐鸣，震得人耳发颤。母亲醒来的时候，她看见愣子的一个观战的老表正在打瞌睡，母亲说，愣子，领你老表睡觉去。愣子掏出手机，愣子拨了自个屋里的电话，他已经输上了二千五，没有领人去睡觉的时间和兴头了。愣子女人接了电话，她说什么事，愣子说你开门给三老表睡觉。你自个来开吧，

我全身光脱脱的，女人懒得理愣子。愣子拿出钥匙，愣子对三老表说，你自个去吧，右边房里的一间铺闲着。三老表拿着钥匙去开门，不大会儿，就传来愣子女人的惊叫声，三老表摸错了门。

重新回到桌上的时候，天光已显白。几个老表说不玩了天已亮。愣子看看天，你亮这么快干什么，他真想冲天发一场火。愣子要求再玩，他说反正天也大亮，去睡也睡不着。几个老表不好说什么，于是就接着玩。接下来的赌，愣子加大了筹码，他已经输红了眼，想靠加码的方法把输了的钱赢回来。

天完全亮了的时候，愣子彻底输光，连身上的毛毛票都搭上了。

几个老表赢了钱不好意思，连早餐都未吃就准备着告辞了，愣子也没心情留他们，与他们极不自然地客套：吃饭才走呀，忙啥！

把老表们送出路口，回来，愣子看见母亲已经在做活计了。

愣子，你来帮我把这车抬一下，最近我这腿和手老打颤，母亲喊。

愣子的眼里当即就有一种晃眼的疼痛上来，母亲给镇上的一家小厂送早餐，送一份得一元钱，而他一晚就输了几千。

那一分钟，愣子真想扯把刀把手齐齐地剁下来……

戒　酒

老倭叔爱喝酒，用他自己的话说，喝的酒都可以浇两亩田了。

儿子当上乡长后，老倭叔喝得更欢了。他说："祖坟上冒青烟，难得的高兴，喝，就要喝，不喝死对不住杜康兄了。"

不过老倭叔喝酒很讲究，他只喝散酒，尤其是在儿子当上乡长后。

老倭叔酒醉心明白，好多人都会冲着"乡长"的面子给他送昂贵的瓶子酒。

祖坟上八辈子才冒这么一个"乡长"的青烟，老倭叔不想因为自己爱喝酒把儿子给害了。

有人请老倭叔喝酒，老倭叔说："谢谢，我家里有呢，我爱喝酒，自己窖了十年的都还没喝完呢。"

请的人就说："老倭叔，你是怕我们贿赂你吧，你想远了。"

盛情难却，推辞不过，老倭叔就应允了。不过，老倭叔提了个条件："一定要喝散酒。"老倭叔想：散酒能值多少钱呀，便宜点的三元一斤，就算贵点的米酒吧，五元一斤，想靠这贿赂乡长他爹，闹翻了，酒还酒，咱还得起！

不拂人面子，只要是喝散酒，老倭叔都答应。

腊月里，在浙江当老板的二狗崽回来过年。

二狗崽请老倭叔喝酒。

老倭叔不去，他前段时间就听儿子说二狗崽要回来办煤窑。

二狗崽说："老倭叔，咱乡里乡邻的，你又是我的长辈，我在外发了财，请你喝顿酒没有其他意思，完全是人之常情，朴素得不能再朴素。"

老倭叔还想拒绝，就有村子里的李老头、王老头等老头拉了他，"倭子，你看，人家二狗崽连我们几个老不死的都请了，你还有什么犹豫的？人家二狗崽发财不忘穷邻居呢，难得的好人呢。"

老倭叔就说："那感情好，那感情好。不过，我得提议，要喝散酒，不是散酒，我就不去了。"

二狗崽说："叔，你真多心了。你要知道，我在浙江有上千万的固定资产，我犯得着去行贿一个小乡长吗？"

听着二狗崽的话，老倭叔就想，对呀，人家一个上千万的大老板，行贿你一个小乡长干什么，自己，也太高抬儿子的身份了吧。

老倭叔就痛痛快快去了。

这顿酒，老倭叔喝得非常爽，是散酒。

第二天，老倭叔问同去的李老头："你感觉那酒如何？"

李老头说："别看是散酒，劲道可比好多瓶子酒强多了，今早起来，都还晕乎着像做梦呢。"

老倭叔说："是的，我就没喝过这么劲道的散酒。"

李老头拿出了一个小壶，"告诉你，这酒是人家二狗崽专程从浙江那地方带来的散酒，好大一桶呢，起码有五十来斤吧。"李老头又说，"我昨天醉后，还给二狗崽多要了三斤呢。"

老倭叔心里一下有了一种空落落的难受。

李老头又凑了上来，"人家二狗崽本想也送你几斤的，但人家怕你想歪了，就不敢送了。"

妈的，为了"乡长"，连美酒都不敢喝了。老倭叔一下气恼得将脚底下一块石头踢去了几丈多远。

李老头又说："你如果还想喝，我去帮你给二狗崽要。"

老倭叔一个激灵："我不好意思了，你去帮我给他说，他带来的酒，我全买了。"

"记得说啊，我是买。"老倭叔叮嘱飞跑去的李老头。

不一会儿，便见李老头扛着一个酒桶来了。把酒桶放下，李老头吭哧吭哧地说："倭子，二狗崽说，这酒他要给他姨爹姑爹娘舅的留一些，只能给你十斤了。"

"多少钱？"老倭叔问。

"二狗崽说不要钱。"老李头说。

"那不行。"老倭叔再次说。

"二狗崽说，如果真要给钱，他这酒不卖了，叫我怎么扛来的怎么扛回去。"老李头说着地准备把酒扛起打回转。

老倭叔叫住了老李头，老倭叔想，咱怎么老能以那种眼光去看人呀，人家二狗崽也许真的是从乡里乡邻的感情出发呢，咱别太伤人了啊。

老倭叔就留下了那酒。

春节过后的时候，二狗崽的煤窑在乡里开了起来。

两月后，煤窑里瓦斯爆炸，死了好多人。

上面追查责任，老倭叔的乡长儿子被牵连了进去。

老倭叔去看儿子，老倭叔对乡长儿子说："你怎么能掺杂二狗崽的事。"

儿子说："爹，得吃嘴软，得拿手软啊。"

"你收了他多少贿赂？"老倭叔问。

"有二万吧。"儿子说。

老倭叔啪地给了儿子一耳光，"不争气的家伙，你知道吗，为了不影响你工作，我连瓶子酒都不敢喝。"

儿子说："爹，你喝的就是瓶子酒呀，二狗崽把茅台酒装在酒桶里谎你。"

老倭叔当即就愣了——

以后，再没见到老倭叔喝酒，他一拍屁股地说："妈的，不正之风无孔不入，老子不喝了！"

黑暗中的心

真的，我有点讨厌他们了。

他们是一群乞丐，大概有五六个吧。

和他们结缘，是我刚住进金园小区的时候。那天搬家，车子把我的家什拉到金园小区路口停下，就有一个乞丐凑了上来，他伸出脏兮兮的手："姑娘，讨杯喜酒喝，你万事顺利，出门都拣着金元宝。"借他吉言，加上新搬了住房高兴，我当即就掏出了一张拾元的钞票，"给你，快走吧。"没想到的，我这一"豪爽"马上就引起了一连串反应，只见不知是从哪里钻出来的，反正我先前是没注意到的，一下子就有五六个乞丐围了上来："我也来祝贺，我也来讨杯喜酒喝，凭什么给他，就不给我们?"望着一双双就像煤窑里伸出的手，我在心里直叫屈，哪里来的这么多乞丐呀，早知道有这么多，我还"豪爽"什么呀，这不是要把我身上的钱全"挖"干吗？他们才不理解我的"屈"，就一个劲地叫着："姑娘，你要平等呀，他（我第一个给钱的乞丐）能得，我们为什么不得，他脚不好，我们的也不差呀，你看我们的眼，你看我们的手……"呵呵，行乞还有理由呢，我有点烦，不过我又一想，他们说得也不无道理，我凭什么能给张三，就不能给李四，都是乞丐呀？我拿出身上仅有的零钱，我在心里念着菩萨保佑千万别再来一群的对他们说："反正我就这么点了，随你们拿去怎么分吧。"一个高个的乞丐从我手里一把夺过钞票，其余的就呼啦一声跟着他跑了。

没想到的，这事过后的第三天，他们就把我缠上了。我下班，身后有不紧不慢的脚步声，回头，天，竟是那帮乞丐，他们正对着猛然回头的我傻笑呢。我上班，身后有不紧不慢的脚步声，我在心里念着千万别

是他们，回头，是他们，仍然是他们，仍是傻笑，令人有点作呕的笑。这种情况持续了大约五天，我有点恼了，一天，我猛然回头地训斥他们："你们把我当成了大款不是，你们以为我很富有不是，我告诉你们，我买的房子都是按揭的呢，我现在正为还那些钱急得焦头烂额呢。"面对我的训斥，他们仍然是笑，阳光下的他们，手上是脏的，衣服是脏的，面上也是脏的，看着他们一无是处的脏，我的恶心一阵一阵地袭上心来，我禁不住的吐了。我最后警告他们："如果你们再缠着我，我就报警，我就不信警察不能收拾你们。"

这次"威胁"过后，他们就没再缠我了，我心里一阵的轻松，走在路上，阳光均匀地撒在身上，我感觉到这城市好美。

怀着这种美好的心情我每天有条不紊地上下班。一天，由于加班，我回家晚了点。走在回家的路上，城市的夜景好美，灯光像一条徜徉的河，街道两头的酒吧里放出舒缓的乐曲。我漫着步，真的，欣赏夜景是一种享受，是一种心情的释放，而那些酒吧里放出的舒缓的乐曲呢，让你不知不觉地就陷入了某种的沉思。就这么不紧不慢地走着，就这么陷入了某种沉思地思考着，突然的，我想也不敢想的，我做梦也没梦着的，一把透着寒气的小刀抵在了我的腰间："小娘们，跟我们走一趟，你要喊，我们马上就破你的相，让你一辈子找不着男人，让哪个男人见了你，都怕看你。"天，我瞬间觉得这城市不再美丽，我想跑，可我的左右都站着，我明显地被挟持了，我想喊，那小刀的刀锋也抵进了我的皮肉，一阵钻心的疼，我知道，他们是什么都干得出来的人了。正在我欲跑不能跑，欲喊不能喊的时候，突然传来一阵断喝："放下人家姑娘，否则，我们跟你们没完。"我感激地向救我的人抬头看去，竟然，竟然是我讨厌的那群乞丐。"姑娘，别怕，有我们在，他们不敢动你。"那群乞丐说着，就一字儿摆开了打狗阵。坏人很快就被吓走了。我惊魂莫定地谢谢他们，他们说："我们就知道这群兔崽子要打你新搬来的主意，这不，今天，可让我们候着了。"那一瞬间，我突然明白了，原来他们缠着我，是要保护我……

这晚，这个不眠的夜晚，我把我身上所有的钱掏了出来，我冲动地对他们说："你们拿去吧，去买些好吃的吧。"他们呵呵地一笑："你就请

我们吃碗加肉的面吧，我们好几天没尝到肉腥味了，现在的人们对我们可是越来越苛刻了，宁愿喂狗也不愿给我们。"我眼泪一涌，我把他们带到夜市，我冲夜市里煮面的老板说："给他们来碗大碗的面，加双份的肉。"

吃完，他们抹抹嘴对我说："姑娘，你今后要小心，少走夜路，以后，我们是不能再保护你了，你是好人呐。"

我问他们："怎么，你们要离开这城市了？"

他们告诉我："刚才得罪了这帮混混，看来今后是不得安生了，得转移了。"

我心里一阵一阵的难受涌上心来，我能为他们做些什么？

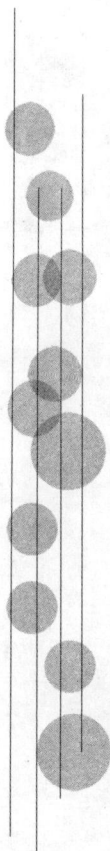

堕落的爱情

男人一直没给琴琴说话的机会。

男人进门就朝琴琴嚷，男人说，琴琴，你来看呐，小姨子的分配文件我给她弄下来了，后天就可以去上班。

琴琴的心不禁动了动，小妹都毕业三年了，跑断腿也分不下去，一天个赖在家里火灼灼的，无事就找爸妈吵。

男人真有能耐，手眼能通神，琴琴抬眼，不知是感激还是什么，琴琴看了看男人。

男人又拿出一些过生日之类的东西，男人一边拿一边说，后天，大后天，是咱爸的六十大寿，咱得给他老人家好好庆祝一下，哎，人生真如白驹过隙，咱爸怎的说老就老了呢，咱俩结婚那阵，他刚进五十呢。

琴琴听着男人的感叹，琴琴心潮翻涌，亏他还那么记得爹的生日，自己都快忘记了呢。

琴琴又抬眼望了望男人，这么个男人，这么个优秀的男人，知冷知热的男人，你如何去向他说离婚？

琴琴原本是要向男人提离婚的，她发现男人有了外遇。

男人似乎感觉到了琴琴的异样，男人说，你不高兴？

谁说的？琴琴说，琴琴勉强地挤出一个笑来，就冲人家办事那个劲和记着爹的生日。

咱俩有十余天没来那事了吧，男人挨着琴琴坐下，涎着笑地说。

琴琴侧眼看看男人，男人眼里尽是火爆，就像她们刚结婚那阵。

琴琴眼里不自觉地淌下两滴泪来，就是这么个男人，这么个还记得和你来那事的男人，这么个热情不减当年的男人，你去和他说离婚？

男人熄了灯，捧着琴琴，将琴琴捧到了床上……

琴琴一晚上都未说出那话，她的那话被男人那排山倒海的激情压得无影无踪。

第二日，琴琴将小妹分配的文件和男人给爹准备的生日礼物带了去。

小妹高兴得直喊姐夫OK。

老爷子将那生日礼物看了又看，然后对老婆子说，我们这姑爷就是孝顺，能耐也不错，当初，我们就没看走眼。

琴琴躲在卫生间里偷偷地哭，一搭一搭的，哭得非常伤心。

小妹听见了，姐，你哭个啥，什么事非要哭才解决得了呢？

老爷子和老婆子围了上去，闺女，你哭什么呢，你遇到什么不顺心了的事了吗？

琴琴止住哭，稍倾，又哇地一声哭了出来，爹、娘，你们这姑爷，你们这无可挑剔的优秀姑爷有外遇了呢，你们说我该怎么办？

小妹手中扬着的分配文件瞬间停住——

老爷子和老婆子也一下怔住，怔了半天，老婆子去为闺女擦泪，自己也跟着流泪；老爷子来回的踱步，一边踱一边说，立军，立军，他怎么变了呢，怎么也变得世俗不堪了呢？

一个中午饭，琴琴、琴琴的父母，小妹都吃得无滋无味的，大家谁都不和谁说话，一个劲地往肚皮里塞东西。

吃罢饭，琴琴欲回家，琴琴的父母送琴琴出门，琴琴说，爹、娘，你们也甭为我操心，我自己的事我会自己解决。

走在回家的路上，风撩起琴琴的头发，琴琴觉得心里很乱。

琴琴回家的路上有一个商场，琴琴就去逛了那商场。

在商场的服装区，琴琴看见了男人的背影，男人正挽着一个女人的手在选购时髦服装。

"你看这套漂亮不漂亮？"琴琴听见那个女人问男人。

"漂亮，你穿上肯定是个天使。"琴琴听见男人挺甜的对那个女人说，还看见男人拿了服装帮那个女人比划。

接下来，琴琴看见男人付钱，那个女人提着服装高兴得像只鹿子，还在男人的额头挺浪漫的飞吻。

琴琴想冲上去,她忍无可忍。

"喂,你等一下。"冲上去的琴琴突然听见男人叫那个欲走的女人。

他们还要做什么,还要干什么见不得人的勾当,琴琴刹住了脚,忍了气的在一具塑料模特后面藏了起来。

"你买的这套衣服太漂亮了。"琴琴听见男人对那个停住了脚步的女人说。

"那我就天天穿给你看,美死你。"那个女人对琴琴的男人挤了挤眼,调皮地说。

"我想给我家那位也买一套,她身材和你差不多。"琴琴听见男人对那个女人说。

那个女人嘟起了小嘴。

琴琴在那具塑料模特后面软得像团棉花似的蹲了下去,这么个男人,给情人买东西都忘不了自己老婆一份,你去和他离婚?你去和他闹?你去羞辱他?

琴琴看着男人和那个女人离去,直至消逝……

改天,琴琴向娘说起这事。娘抹一把眼泪,娘说,闺女,认了吧,只要他对你好,还记得你就行,闹起来,对谁都没有好处。

琴琴想说什么,诸如忍无可忍之类的,可琴琴又想到了男人的好。

再后来,琴琴接纳了男人的那个外遇,那个女人叫她姐姐。

常回家看看

胡老板最终将问题锁定在了工资上。

——题记

最近，胡老板的工地上老是出事。

先是开吊塔的王师傅，这王师傅可是开吊塔的一等好手，他开吊塔，"投放率"那可是个准，说放哪就放哪，就像神枪手打靶——尽十环！可就是这样一个"久经沙场"的老手，他竟然在吊灰浆桶的时候，把那桶吊到了与工地仅有一墙之隔的民房上，民房被砸了个大窟窿，幸得没砸伤屋子里的人。

处理好砸房事件，胡老板把王师傅叫到了他的办公室。

"老王啊，你跟我有些年头了吧。"胡老板给老王倒了杯水。

"有五年了。"老王像个犯了错误的孩子使劲绞着衣角。

"人，得讲点良心啊！就算不讲良心，也得讲个见面之情吧。想当初，你初来我这里，你无一技之长，是我出钱去培训你的吧。"胡老板抽一口烟，然后看老王一眼，有点意味深长地说。

"老板，你的大恩，我永远记在心里。"老王的表情虔诚得动人。

"那你怎么会犯这样低级的错误？"胡老板抽烟的手打住，眼光也犀利地扫了过去。

老王局促着，"我，我，我……"

"我来替你解释吧，"胡老板一笑，接着说，"最近，是不是有另外一个工地的老板找过你，那里开出的工钱比我这里的高。"

"老板，你别这样想，他们是找过我，可我没答应他们，做人，得讲究点诚信吧，我和你的八年合同还没满呢。"

"那你怎么把吊桶放错了？"胡老板进一步地问。

老王的脸红了，"老板，不说了，咱一个大男人，说出来不好意思呢。"

"我就知道你不好意思说！背主求荣的事，谁好意思说？"胡老板恼怒地把烟头扔去了好远。

"老板，请你相信我，我老王不是那种人。"老王说完，走出胡老板的办公室，脚步铿锵得动人。

砸房事件刚处理好三天，一桩"意外"又出来了。

这次肇事的是民工刘五，这家伙开挖机，竟然把供电局的电杆给挖断了。

民工刘五跟老王一样，都是干本行的行家了，打死，胡老板也不相信那么大一根电杆，刘五会没看到？

电杆被挖断，造成了胡老板那个工地周围的民居大面积停电，市民们打了市长热线，胡老板被市长叫去骂了个狗血喷头。

接二连三的"老手"肇事，一轮清冷的月光升起的时候，胡老板就陷入了沉思。

"他们是嫌工资低了不好意思说吧？他们，可都是跟随自己几年了的'战友'啊，开不了口吧。"胡老板最终将问题锁定在了工资上。

第二天，胡老板就在工地上发话了，"兄弟们，好好干，干完这桩活，我每人多发两千元的奖金。"

可是民工们好像对此不感兴趣，他们低着头干他们的活，胡老板落了个冷场。

"妈的，见鬼了。"胡老板有点怏怏不快地回到了办公室。

在办公室里落寞一阵，胡老板就把秘书小肖叫了来，"你下到民工中去了解一下，我发觉他们不是钱的问题。"

两天后，小肖就回了话："老板，我了解到了，民工们是想回家了，就说老王吧，他给我说了，他说他几年都没回家了，就在他砸人家房的头晚，他梦见了老婆，结果白天走神，把人家房子砸了。还有那个刘五，人家想家里的老爹老娘了。"

听完小肖的汇报，胡老板的心也禁不住地动了动，他看了看办半公

桌上的日历，日历也指向了腊月二十三，年是越来越近了。

一轮冷太阳升起，民工们照常上工地。

只见工地上也搭了个彩棚，一曲《常回家看看》飘满工地的上空。

"兄弟们，来，我们大家一起唱，唱完，大家就去领工资，然后回家，该看孩子的看孩子，该看老婆的看老婆……"彩棚中间，胡老板在大声地吆喝。

"找点空闲找点时间，领着孩子常回家看看……"民工们就跟着音响唱了起来。

黄昏的时候，也就是在一切都交接好后，胡老板钻进了车子，司机问他到哪里，他说回乡下老家。

"乡下老家？"司机打了个忽愣，想不到老板在乡下还有家呢，一直以为他是这个城市里的人呢。

"我也有十二年没回去了，那里有我老爹老娘，还有我那倚门守望的发妻。"胡老板如是地说。

遗落了的赞美

开完家长会，她就和儿子回家。

"儿子，你们班的那个李小娜多好呀，你看人家那成绩，还有那作文水平！"她一边走一边感叹地说。

儿子班上的那个李小娜，确实优秀，数学、语文每次都考第一，尤其人家写的那作文，老师在家长会上拿出来向众家长念，家长们都听得沉了进去，末了，全都激动得站了起来：奇文，奇文，真不敢相信十岁的孩子能写出如此的大文章，此孩子，未来的大作家矣！

"你们班的王松也不错，他的成绩紧跟李小娜之后，作文呢，也只逊李小娜那么一筹。"她接着说儿子班上的王松。

儿子班上的王松，整个人看上去聪聪明明的，尤其那双大眼睛，长长的眼睫毛，愣是的可爱！

她还夸了儿子班上那个在困境中奋斗的刘小明："刘小明也不错！他父亲下岗了，母亲生病在床，刘小明每天放学回家后，得帮助父亲整理破烂，得熬药给母亲喝，得做饭等他的爸爸，这样一个家庭困难的孩子，人家的学习成绩硬是没有落下，每回考试，人家都是前五名。"

儿子跟在她身后，儿子对她一连串的羡慕作了补充："妈妈，你说的这三人都是我们班级里最优秀的，都是我学习的榜样。"

她来了兴趣："你们班的王二五也不错，你们老师说他遵守纪律，干什么事情都很认真；赵小雪，老师说她是班上的一只百灵鸟，她的歌声把教室里装扮得鸟语花香生机盎然；那个陈军，老师说他记忆力特强，遗憾的是他上课有点爱搞小动作。"

她说着，她突然觉得身后没了声响。

她回头，她想，是不是自己走得太快了。

她停下来等儿子。

儿子好一阵才跟了上来。

"王小勇也不错，老师说他思维敏捷，可以参加奥林匹克数学竞赛。"

"陈小兰的美术不错，老师说她将来可以当画家。"

"刘情，舞姿优美，富有韵律，老师说将来可以做个舞蹈家。"

……

就这样一路把儿子班上每个学生的优点逐一数落的，她和儿子到了家门口。

开门。

她进去了，儿子却在外面站着。

"你咋不进家。"她拉儿子。

"妈，我不想进这个家了。"儿子埋着头说。

"为什么，她觉得儿子挺怪的。"

"妈，在你眼里，他们哪都比我好，他们中的哪一个，都比我优秀，你就去叫他们来和你过算了。"儿子绞着衣角，小脸憋得通红地说。

她一怔的，她似乎想起了什么——

第二天，她翻出儿子得的那些体育的奖状，她把那些奖状一一用花边装裱，然后统一命名为"我儿子的骄傲"，她还画了一个大大的夸张的大拇指贴在上面。

儿子是放学回来的时候看见她的这一杰作的，儿子的眼里淌着一种晶莹的泪滴。

她搂了儿子，她用脸一个劲地去贴儿子的脸："儿子，原谅妈妈昨天的失误，昨天，妈妈竟然只记得了别人的优秀，其实你也是很优秀的，老师说你跑起来像飞，是个长跑的健将，还建议我要找个好教练训练你，说不定你就是第二个刘翔。"

这一年，儿子的成绩突飞猛进，期末考试，小家伙竟然考进了班级的前五名。

发成绩单那天，老师要儿子说说是怎样进步的，儿子自豪地一挥手：

"我妈妈看见了我的优点，我妈妈看见了我的进步！"

老师把这话转述给她的时候，她笑了，那次失误总算没伤到儿子，万幸！

她在心里想好了，下一步的，就该给儿子找个优秀教练了。

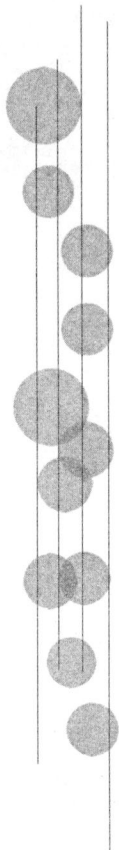

黄琼雅的两次被劫

那时候，黄琼雅和李发明还在恋爱之中，也就是说黄琼雅还没确定要嫁给李发明。

黄琼雅确定雷打不动要嫁给李发明，那是黄琼雅亲眼目睹了李发明对她的奋不顾身。

时间是一个黄昏，故事说来有点老套。

那天，黄琼雅与李发明在一个山坡上闲庭信步。突然，跳出了几个劫匪。"这小妞够漂亮的。"劫匪们在搜完两人身上财物后，垂涎起黄琼雅的美色来。黄琼雅吓得直往李发明身后躲。李发明就是这个时候奋不顾身的，他双手拦住欲非礼的劫匪，"哥们，你们要钱，我可给了你们的，但如果你们要人，我坚决不同意。"劫匪嬉笑着，"我们钱也要，人也要。""那我只得以死相拼了。"李发明说着，就拉开了搏斗的架势。"给这小子点颜色看看。"劫匪们耳语一阵，就朝李发明扑了上去。一番打斗，李发明身中十二刀，血把他的衣服都染红了，可他还坚持着不倒下。最后，李发明的英勇吓退了劫匪，劫匪们说，没见过这样为女人不要命的。

黄琼雅就这样嫁给了李发明。

黄琼雅的第二次被劫，也是五年后的事了。

还是一个黄昏。黄琼雅和李发明在一条林荫小道上散步。"哥们，你躲一边去，待我们干完事，你再领她回去吧。"在林荫小道的一个幽深处，几个劫匪拿刀威逼着李发明说。李发明一阵打抖，就只剩下央求地说，"兄弟们，求求你们了，你们饶过我们吧，要钱，你们给个卡号，我们回去给你们打啊。"劫匪就一阵淫笑，"今天，我们不要钱，谁叫你老婆漂亮得娇楚动人了啊。""饶了我们吧，饶了我们吧……""去你妈的。"劫匪们几飞脚把李发明踢进了草丛。黄琼雅遭受了凌辱。

李发明的软弱，让黄琼雅打死也不敢相信，才五年的时间呀，他怎么就判若两人了呢？

黄琼雅产生了一种想法，李发明别不是有了另外的相好吧，他别不是觉得为了老婆把命丢掉不值得吧，他是想留命与狐狸精鬼混呢。

这样想着的时候，黄琼雅就请了个私人侦探侦察起李发明来。

半月后，侦探向黄琼雅汇报："恭喜，你男人绝对是个好男人，他在外面没有一个相好的。"

黄琼雅说："你没认真吧？"

侦探就拍胸脯地说："凡是我侦探的事，没有一件会漏掉的，藏在地里的，我都会给找出来。"

侦探说完，又说："嫂子，你不应该疑神疑鬼，你应该为拥有这样一个男人而自豪。"

付了侦探的钱，黄琼雅心里的结更深了，他李发明五年的时间怎么就判若两人了呢？以后的日子还长着呐，黄琼雅感觉到脊背一阵冷飕飕的。

黄琼雅最终解开了丈夫不愿救她的秘密。那是一天，黄琼雅给李发明打扫书橱，从一本书中飘出了一张重重写着的纸：那一分钟，你知道我心里有多痛？可我不能上前啊，他们的刀子多么雪亮，每一刀下去，我都有可能毙命！就在昨天，组织部刚来考察我为单位的局长人选，我不能把命丢了啊，我奋斗了十几年才有这样一个机会！

"为了当官，老婆也不要了。"黄琼雅念着的时候，眼泪就止也止不住地流下来了。

相煎何太急

五婶一生，是个把钱看得很重的人。

五叔落下那病后，五婶就觉得自己真正的是亏了。

五叔的病，是椎肩间突出加结核症，患上了这病的人，不能劳动，得像有钱人一样养尊处优的生活。

五叔没这条件，他是县农具厂的一个下岗工人，平日里就靠和五婶摆个小摊赚点小钱过日子。

患了病的五叔不能陪五婶摆摊了，摆摊的重任就落在了五婶一个人的肩上。

五婶早出晚归……

五婶顶风冒雪……

五婶……

一年下来，五婶就有了意见。

"想想人家跟我一样的女人，老公疼着，而我，我都快不是女人了，我才四十五呀，就如守活寡，我前辈子是作了什么孽呀！"五婶在外受了委屈，在外看到有老公疼女人的时候，她心里就会不自觉地升起满腹怨言。

她的这种怨言在回家看到锅冷灶熄的时候，就变得更为激烈了："我一天里累死累活，你在家里，也不给做个饭的等着我，我，我，划不着呀……"

五叔躺在床上，五叔沉默着，他不是不想起来做个饭什么的呀，只是他那腰杆，实在是支撑十分钟都支撑不起呀，唉，谁叫咱是穷人呀，要是换了大富人家，早就躺医院里用最先进的药，用最好的护理去了！

后来，五叔就和五婶分居了，他是一个耳净的人，他实在不想因为自己苦了五婶！

五叔的房子有两个院，他就住后院，五婶住前院。

五婶先头还觉得有点过意不去，就经常去看五叔，有什么好吃的，都给他端一点去！后来，时间一长，五婶就没兴趣了，加上一天里个累，就把五叔给淡忘了。——照顾五叔的任务，就完全落在了五叔年迈的爹妈身上。

五叔下岗的单位进行资产拍卖，单位上的人给五叔送来三万元。

三万元，不小的数目呀，这对于小本买卖的五婶来说，简直就是天文数字。

五婶挺想得到这三万元，她想，不论从哪一方面说，她都该得到这三万元，她和五叔生活了大半辈子，没有功劳，该有苦劳吧，更何况，自家个现在还没和他离婚，还是他明正言顺的老婆！

五婶就去问五叔要这三万元。

五叔告诉五婶，五叔说，哪来的三万元呀，是人们瞎传。

五婶就铁板上钉钉地说出了时间、地点、是哪些人送来的。

五叔任五婶怎么的说，就一口咬定没有。

五婶知道五叔是恨上她了，她哭了一阵，闹了一阵，想着无望，就自个回了自己的屋子。

再说五叔，秋后的时候，他的病情就加重了。

一天，五婶在街上摆摊的时候，就有人来喊她："五婶，快去哩，五叔的大限近了，你再不去，就和他说不上话了。"

"他死不死，关我什么事？"五婶还在为那三万元揪心。

还是有人又来喊："五婶，你快去哩，五叔给你留下钱了呢。"

五婶就跑。

五婶跑到的时候，五叔已经咽了气。

帮着整理的人，递给五婶一沓钱和一张写有五叔遗嘱的纸条。

钱是两万。

纸条是这样写的：你跟我大半辈子，我没让你过上一天的好日子！——这钱，我原本是用来准备医治我病的，可我咨询过医生了，医

生说我这病最终都得瘫痪——我就不想医了，与其把这钱无望扔水里，我不如给你留着！我给你留下了两万，我只能这样做了，因为我的爹妈，他们也是需要用钱的，其中的一万，就是给了他们！——你手上有了两万，你再跟哪个男人的时候，你就不会受他的气了……为夫只能这样了，就只能帮你这个忙了，原谅为夫吧！

五婶看着纸条，五婶哭得无地自容……

感动儿子一D

　　儿子十二岁那年学会了上网。学会了上网的儿子，成天待在网吧里，学业都荒废了，学期考试数学竟然只考了几分。对待儿子迷上网吧，作为父亲的他没少挥过拳头，他甚至以断儿子的"食"来威胁过儿子，他冲儿子气呼呼地说："老子不给你吃饱，看你还有精神去一晚打到亮。"起初，儿子还怕父亲真的断了食物有所收敛，但时间一长，儿子知道了父亲是吓唬着玩的，知道父亲根本舍不得让他的宝贝儿子挨饿，于是，儿子上网的欲念又膨胀了起来——儿子的老师告诉他，你儿子可能又上网了，已经有三天没进教室了——他在一个网吧里找到儿子的时候，他的心彻底地伤透了，儿子，当真的无可救药了吗?! 他想过真真切切断儿子的食来威逼儿子就范，但一看到儿子那瘦小的身体，他又有一点下不了手啊，小家伙的身体本来就单薄，要是一断了营养，那后果不堪设想啊! 他还想过不给儿子一分多余的钱，但儿子就把早餐的钱省了，为了儿子的身体，他就只得把上网的钱给出来了，他与儿子约法三章：网，你可以上，但不能上得太滥了；上网还得不影响学习；上网不能学坏。儿子点头同意。他不知道自己的这种做法是不是荒唐透了顶，但他感觉到自己真的没办法了。

　　不能阻止儿子上网，他就只得行使自己的保护权了。儿子经常在网吧里玩到十一二点，他就去接儿子，保护小家伙不因为"天黑"的而受到伤害。想起"儿子上网父亲还去保护"，他就觉得的有点可笑，这事要是传了出去，人家还不说当父亲的是个糊涂父亲，支持儿子上网。不过他也顾不了，可怜天下父母心呀，火不烧谁的脚背谁会觉得痛，谁个叫自己摊上这样一个儿子呢，想狠狠地惩罚下都不可能!

　　一个夜晚，他又去接儿子。

　　这晚的雪下得很大，纷纷扬扬的大雪从天而降，人只要站上一时半会，就变成真的雪人了。

　　他就在网吧的门外等儿子。他突然就有了一种想法，在这个大雪纷纷的夜晚，会不会润物细无声呢，会不会给儿子来一场丝丝缕缕的感动呢。想着的，他就冷得的矮了下去。他几次被冻醒，但他都没站起来抖一抖身上的雪，他想，就让这白雪覆盖吧，如果一场大雪的覆盖能唤回一个人，那就让它覆盖吧，没天没地的覆盖吧！

　　来说儿子。儿子打完那个游戏的时候，小家伙总算满意的起了身。小家伙打一个哈欠，就朝门边走了去。在门的外边紧挨着门的地方，小家伙摔了一跤。小家伙起来揉揉摔疼了的膝盖，然后冲绊倒他的那东西使劲地踢了一脚，还狠狠地骂："死狗，谁家的死狗，下了雪，都还不回家。"

　　就在这时，他抖落身上的雪站了起来，他对怒气冲冲的儿子一笑地说："儿子，爸爸等你多时了，今晚的雪好大呃，冷得爸爸腿都曲了。"

　　也就是在眨眼之间，他看到儿子哭了，儿子冲动地抱住他："爸爸，你打我吧，是儿子不好。"

　　以后，儿子再没沉迷于网吧。他在儿子的日记中看到：那个大雪纷纷的夜晚，爸爸为了等我上网都被雪覆盖了……我还使劲地踢了他……我如果再沉迷于网吧，我就不是人了，就彻底地不是人了！

　　……

阳光照不到的地方

石门口的老梁对外就爱戏谑地称他家住的那个地方是个阳光照不到的地方。

老梁说这话不是空穴来风。

那年，村里遭受了百年未遇的雪灾，所有的村民中，就数老梁家的损失最大了，大雪冻死了他家赖以生存的为别人驮东西的马。第二年，老梁都只得向亲戚们借钱度日。老梁家断了经济命脉，按道理上面来慰问灾民的时候老梁家是首当其冲的，可慰问组只走到了他家前面的王三牛家就打住了，老梁把脖子扛酸了都没等到慰问组进他家的门槛。

再有一次，上面要对贫穷家庭在外读书的学生给予补助。老梁家有一个娃子在市里上高中，老梁看看自己家那快要见着天了的屋子，就在心里止不住地喜，咱家这样穷，这回应该在补助之列了吧。可事与愿违，送补助的那些人只走到了老梁家后面的李三狗家就没再前进一步。

还有一次，那次，老梁铁定了心的想，这次应该不会再漏掉咱了吧。那天一大早，村长就拿着个大喇叭在村里喊，凡是村里的贫困户都请到村委集合，上面要来发救济金。老梁就去了，一路走着，他就一路嘀咕，咱家都不算贫穷，那谁家还算贫穷啊，村里，还有谁比咱贫穷啊？老梁就在台下吊着脖子等有人喊他上台领救济金。等啊等，等到救济金发放仪式结束，都没人喊老梁上台，老梁只得快快回了破屋。

老是没有救助和慰问到手里，老梁就怀疑是村长二根在故意整他。

老梁和二根十年前有过不愉快，那时候二根还没当上村长，他们曾经为争水浇田红过脸，还差点动了手。

现在人家有权了，该是拿捏咱的时候了，老梁这样想着的时候，就

直捶自己的脑门，怪自家个没远见，怎么会没想到二根会当上村长。

老梁买了两瓶酒，就晃荡着去了二根家。

"二根兄弟，你大人不记小人过，当初争水的事，你别往心里去啊，这不，我给你赔礼道歉来了，请你看在咱家孩子还在市里中学嗷嗷待哺的分上，有补助和救济的时候把咱报上去啊。"看着正吃着饭的村长二根，老梁一脸谦卑地说。

"那叫什么仇？你多虑了！"村长二根给老梁挪了个座位，要老梁坐下吃饭。

"可我仍然认为那是我的错。"老梁嗫嚅着。

村长二根一把拉了老梁坐下："喝酒！喝酒！"

走出二根家的时候，有点晕乎的老梁就绝望了，看来自家个的补助和救济是永无指望了，二根这小子是从骨子里恨上咱了，不知道是哪一本书上说过，有些当官的，他永远是一副亲和的形象，让你感觉不到他和你有仇，二根这小子估计就是这样的人了，他今晚绝口不提补助的事，只是一个劲地劝咱喝酒喝酒再喝酒。

又一次补助发放的时候，老梁就在二根家给二根跪下了："二根兄弟，你就打我几耳光出气吧，只要你能把咱家报上去，你踢俺几脚也行。"

二根一把拉起了老梁，哎地长叹了一声。

二根说："我给你看一些镜头吧。"

老梁就看起了二根家录像机里的镜头。

镜头一播放出的是村里王三牛雪灾接受慰问时的画面：王三牛感激涕零地说，谢谢领导的关心，你们冒着大雪来看望咱们贫困户，我心里温暖如春，增加了咱抗击灾难的决心和信心，我决不辜负领导的信任，争取早日走出雪灾的阴影。

镜头二播出的是李三狗接受贫困学生家庭补助时的画面：李三狗感激涕零地说，谢谢领导对咱家的挂念，俺一定打电话叫咱孩子要好好学习，以后做个对国家对社会有用的人。

二根还想放镜头三的时候，老梁就叫打住了，老梁冲二根有点咆哮地说："你就因为这没让我得补助啊？我老梁也会说这些话的，我说这些话的时候，保管比李三狗王三牛他们说得好。"

"我知道，你老哥二十年前就是村里的巧嘴。"二根望一眼老梁脸孔说。

"你知道，你还……你是为争水的事恨上咱了啊。"老梁一屁股颓唐地坐在了地下。

二根又是一阵长叹："唉，我都不愿提起了，提起来伤心。"

接下来，二根要老梁再看一遍镜头。看完，二根问老梁："你会感动得哭或笑了吗，你会激动得流下眼泪来了吗？领导们最欢心的，感觉最好的，最有成就感的，就是要看到流泪和微笑的效果啊。"

老梁一下地怔得说不出话来——

这天过后的第五天，老梁就给亲戚们借了三千块钱。搭上了村里进城的车，就有人问老梁，去城里看孩子啊。老梁斩钉截铁地说，不，我去城里美容去。

老梁的脸和眼泪，因为十五年前的一场火灾就麻木和流干了，那场火灾，烧死了老梁孤苦抚养他成人的母亲和不嫌他家庭贫穷嫁他的妻子……

杏子娘

杏子二十二岁那年，娘说："杏子，男大当婚，女大当嫁，你也该考虑考虑了吧。"

转眼间三年过去，杏子二十五岁，娘又说："杏子，跟你一般大的女孩，人家娃儿都遍地跑了呢。"

杏子仍然无语。

娘动怒了，娘撸了杏子一手指，娘说："跟你说事呢，你这人咋不把自己事放心上。"

"娘，你是不是嫌我住得太久了?"杏子对娘说，说着把自己关进了房间。

"我咋会嫌你住久了呢? 娘就你一个人，你住一辈子娘都不会嫌弃，可女大不中留，女儿终究要嫁人啦。"杏子娘一把鼻涕一把泪地说。

哭好，杏子娘隔着门对杏子说："杏子，你告诉娘，你心里是不是早有了人?"

"嗯。"杏子隔着门地回答，"可我又拿不准。"

"这人是谁，你告诉娘。"杏子娘擦干了眼泪地问。

"离咱村一百里的李诗东，我初中的同学。"杏子回答。

"你们是不是私订了终生，或有了什么约定?"杏子娘又问。

"嗯。"杏子隔着门地点头，"他对我说，他出门挣钱，把钱挣够了就回来结婚。"

"你呀你，我的傻闺女呀。"杏子娘隔着门埋怨杏子。

"李诗东人挺好的，他会写诗。"杏子开了门，眼圈红红的。

"赶明儿，我托个人去问问，去问问这勾走我闺女魂的人的情况。"

杏子娘起身去干活说。

第二日，杏子娘托了村里的李大嫂去问。

李大嫂天黑了才拖着脚步回来，她喝了杏子娘递过来的茶，抹抹嘴对杏子说："杏子，你可得有个精神准备。"

"咋了？"杏子紧张地问。

"李诗东那小子前年就在昆明被正法了，听村里人说是贩毒，他家里连尸骨都懒得去领。"

杏子一下子只觉得天旋地转。

娘急忙地将杏子扶住。

"杏子，你也别太伤心，李诗东这小子，我了解，他除了会写几句人们读不懂的诗外，他什么都不会，十足的败家子，你嫁了他，还不是吃亏。"李大嫂语重心长地开导杏子。

杏子木了似的，眼泪止不住地流。

过了一月，杏子娘对杏子说："杏子，乡上王副乡长家二公子托人来说亲，人家那二公子长得一表人才，老子又是副乡长，那二公子虽然在作风上有点那个，但我想那是没有女人管的缘故，可以改。"

杏子不说答应也不说不答应。

"娘为你做主了。"杏子娘瞅了木木的杏子，然后说。

第二月，杏子娘将杏子送到了王副乡长的府上。

王副乡长的那二公子，守着个如花似玉的杏子，作风自是收敛了许多。

杏子两口子看上去和和美美的。

杏子娘乐得翻了天，对杏子说："杏子，娘没说错吧，这么好的人家哪里寻去？"

来年，杏子生下一大胖小子。

生了孩子的杏子，没有以前漂亮了，加上忙奶孩子，那方面的事就淡待了许多。

王副乡长的那二公子老毛病又犯了，整日整夜不归家，回来就是满身的女人味，有晚，还将个妖艳的女人带回了家当着杏子做那事。

杏子就闹。

那二公子就打人，打得杏子鼻青脸肿、手折腿折。

杏子一气之下，回了娘家。

杏子娘见杏子遍体鳞伤，就去找那二公子讨理。

没想到那二公子连杏子娘也打。

杏子娘气不打一处来，对杏子说："反了天了，连丈母娘也打，杏子，你在他家实在住不下去了的时候，娘支持你离婚。"

杏子娘说着就哭，哭着哭着的又说，是她害了杏子。

杏子听着娘话中有话，就问娘为什么？

娘说李诗东没死，李诗东贩毒那事是她要李大嫂编的，她怕杏子等成个老姑娘。

杏子是爱是恨的在娘家呆了两月。

第二月月末，杏子丈夫，那个王副乡长的二公子，带了一班人马，将杏子家砸了个稀巴烂，还说只要他不死，杏子休想嫁别人。

杏子娘一怒之下，瞅那个二公子不备，捅了那二公子一刀。那二公子不经捅，一刀就捅死了，杏子娘说："杏子，娘对不起你，娘种下的恶果，就让娘来背吧。"

杀了人的杏子娘自是坐了大牢。杏子去看娘，娘抹着泪说："杏子，你去找李诗东吧，那小子没变心，半年前还来找过你，我说你嫁人了，他在咱家哭了三天呢。哎！儿孙自有儿孙福，我当初是瞎操心、瞎折腾个什么呢。"

杏子哭得泪人儿似的。

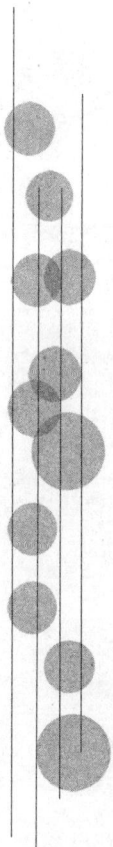

守住脚下这片土地

没有枪声，没有炮声，有的只是刀光剑影，撕心裂肺的喊杀声。

你给我一刺刀，我还你一枪托，日月被杀得淌血，碧草青青的黄土地上，血流成河。

战斗持续了大约两个小时的时候，山本大队第一小队丢盔弃甲，领头的小队长带着几个伤兵落荒逃下山去。

"报告联队长，八格牙路太勇敢了，我们没拿下来。"落荒逃下来的小队长看看身后几个瘸着腿的"弟兄"，然后说。

山本一笑，"你的休息，第二小队上。"随着话音，山本手一挥，一群如狼似虎的日本士兵再次扑向山顶。

又是一场血腥的肉搏。

战斗继续了一个小时，山本大队第二小队败下阵来。

"报告联队长，八格牙路很勇敢，但他们也没剩下几人了，而且还都带着伤。"败下阵来的第二小队长向山本一个立正，举起受伤的手说。

山本骑在马上，他手搭凉棚朝远处看了看，然后朝身边的副官一阵叽里咕噜，"米西米西，看他们有多少人拼，我们还有第三小队，第四小队。"

"第三小队再上就能把他们拼光了。"副官朝山本讨好地说。

"你的，大岛君，这次由你亲自带领第三小队，务必将八格牙路彻底地杀光，为工兵扫清一切障碍。"山本回转身，对身后的副官大岛下达作站命令。

大岛一个漂亮的"平湖落月"从马上翻下，"山本君放心，这次一定让他们彻底地死拉死拉的。"

大岛朝身后一挥手，一群日本兵跟着他又叽里呱啦地朝山上扑去。

山本朝身后一群整装待发的日本工兵发布命令，"立正，稍息。"然后又冲着那群兵说："山上战斗一结束，你的，你们的，迅速，要迅速，不要让八格牙路的援兵赶到而坏了事。"

那群工兵一个声音："保证完成任务，效忠天皇。"

来说山上的情景。

山上横七竖八地躺满了尸体，有我方的，有日方的，其状惨不忍睹。

我方只剩下了五六个人，除连长和他的通讯员伤稍微轻点外，其余几人都断手断脚躺在地下喘气。

领头的连长看到黑压压冲上来的日本兵，他朝身后的通讯员招呼，"小蛋子，把所有的手榴弹都收集起来。"

被叫作小蛋子的通讯员很惊诧地看着连长，他好半天没迈出腿去，连长糊涂了吧，这个地方山石结构都很松动，双方不敢打枪就是怕引起山石大滑坡，现在要把所有的手榴弹收集起来爆炸，那还不把这个地方全塌了，我方可还有好几个鲜活的生命呢，更重要的，身后还有路可逃呢！

连长感觉身后没动静，就转过身，看小蛋子还呆着，就说，"怎么还愣着，日本兵马上就冲上来了。"

小蛋子一个嗫嚅，"连长，我们撤吧，后面有退路的，我们拖着他们（那几个还有生命的同志），只要进了后面的林子，日本兵就找不着我们了。"

连长看了看后面的退路，后面是一条很安全的退路，有一座几块木板搭起来的桥，他们只要迅速地过桥，然后再把那木板抽掉，两边就是悬崖了，日本人长翅膀也飞不过去。

连长给小蛋子正了正军帽，"来不及了，要是来得及，你带着同志们先走。——可是现在来不及了，你得赶快帮我把所有手榴弹收集起来，我们别无选择，我们得守住脚下这片土地。"

小蛋子似懂非懂地去收手榴弹——

几分钟过去的时候，所有手榴弹集中在了一块。此时的日本兵也冲了上来，连长毫不犹豫地拉响了其中一颗。

随着手榴弹的爆炸，周围的山体一座接一座地垮塌，仿佛从地球上消失了似的，青青的草，绿绿的树，在片刻之间都灰飞烟灭。垮塌停了的时候，一切就都平了，分不出哪里是山下，哪里是山上，一望无垠的荒凉！几只逃得快的老鹰，在高空盘旋，睁着惊悸的眼睛……

几十年以后，曾经发生过这场战斗的密云县志记载：本县东南端有一种土，这种土有着神奇的止血效果，山民们手被划了，随便往上糊一把，就能止住大血长流了。1942 年，日本一个飞行员意外发现了这种土的神奇止血效果，于是就引来了大批日本兵准备把这种土全挖走……

噩　梦

那年在广东，男人和来自于他家乡的女人未经过任何程序就同居了。

——而这，在男人那偏远的家乡是最犯忌的。在男人家乡，成就一桩婚事，除了彼此中意外，男方需得三媒六请取得女方家里同意，再八抬大轿吹吹打打地迎娶新娘——这一切，都是为了表示对女方的珍重，对女方的在意！

男人和女人远在他乡，所谓人在江湖身不由己，他们一切从简，男人很感谢女人对他的宽容。

"结婚"后的男人和女人，小日子过得甜甜蜜蜜。一年后，女人为男人生下一小子。这小子长得挺像男人，就跟一个模子做出来似的，女人常常望着这小子怔怔地出神，幸福得如痴如醉。这个时候的男人，就逗女人："雪儿（女人的名字），你该不会因为我没有三媒六请八抬大轿而生气吧？"女人娇嗔看男人一眼，小手捶上了男人的背："你占了人家便宜还卖乖，看你卖乖……"拳头雨点似的落下，男人与女人乐做一团。

天有不测风云，男人与女人的好日子过了三年，就发生了一件意想不到的事。

这事是这样的——当地的一伙地痞流氓欺男人与女人是外地人，他们绑架了男人与女人的儿子。

"你他妈的听好了，你儿子现在在我们手上，你赶紧准备五万块钱吧。"男人与女人找得焦头烂额心急如焚的时候，他们接到了这样一个电话。男人第一意识就反应到儿子遭了绑架，但男人这人挺机灵的，辛辛苦苦打工挣来的钱怎么那么容易就让人讹去，男人和地痞流氓们打起了弯弯绕，男人沉着地说："你们打错电话了。"电话那端先是一愣，转瞬，

一个恶狠狠的声音传过来："你他妈的别装蒜了，你这个电话老子们核定了的，你快准备钱吧。""可他不是我的儿子呀。"男人在电话中委屈地叫。"怎么会不是这狗日的儿子呢？"男人听见电话中嘀咕。"告诉你，你们所绑的孩子他妈根本不是我的老婆。"男人称热打铁地又在电话中唬。"怎么会不是你老婆？"电话那端充满疑问。"我们家乡，娶老婆非常隆重，先要三媒六请，然后八抬大轿，这样的老婆才算老婆。你们所绑架的这孩子的妈妈吗，这个女人，这个和我同居的女人，我与她只不过是逢场作戏，至于孩子，我现在都还搞不清是不是我的，因为这个女人，她和许多男人都有那种关系。"男人在电话中绝顶聪明地说，说完，男人都有点为自己的随机应变而沾沾自喜。绑匪想是一群没有经验的绑匪，或者的，就是第一次绑人，沉默一阵，就摔了电话对男人说："你狗日的，算你狠，不管这孩子是不是你的，你去东边的大桥下领吧，他妈的，不吃又不喝，可把老子们吓着了。"男人惊喜地拉着女人朝东边的大桥下跑去，在那里，他们见到了儿子，儿子小脸脏兮兮的，女人抱住儿子，脸蛋就一个劲的直往儿子脸上贴。

男人与女人一家又团聚在了一起。

团聚在一起了的男人一家，日子再没有以前幸福了，女人经常半夜惊醒，惊醒后的女人，常常一个人坐到天明。

男人问女人为什么，女人说她老在梦中想起男人说的那些话，女人还说，那些话令她不由得不考虑当初和男人的草率同居。

男人只得一个劲地向女人保证，并不厌其烦地向女人叙说那样做的好处：既保住了打工挣的钱又保护了儿子不受伤害，两全其美！

但女人还是做梦，梦醒后的她对男人歉意地说，那些话太尖刻了，对于一个女人来说，它的刺伤力，不亚于当年广岛原子弹的爆炸，尽管那是违心说出来的话，不代表一个男人的真实想法，可对女人来说，她却很是的在意，不想都不可能！

两年后，女人带着孩子离开了男人……

找个理由留下来陪你

那阵儿，男人正喝着酒。

女人就坐男人旁边。

男人抬起一杯酒，男人眼光睃了睃女人，男人说："你吃饱了没有，吃饱了你先走啊，我这帮弟兄难得一聚，我想与他们多聊一会。"

女人就说："你催什么催呀，听说凤鸣楼的招牌菜'青蛙王子汤'不错，我正想借机品尝一下呢。"

男人就无语，他妈的女人，什么时候贪吃上了呢？

"青蛙王子汤"上了，女人舀起一羹汤，小嘴凑了上去，似怕惊起什么，一点一点地慢慢吮吸。

女人喝完一羹，又舀起一羹。

一羹，两羹，三羹……女人吮完第六羹的时候，男人就有点不耐烦了，男人用肘蹭了蹭女人的胳膊，男人凑过去轻轻地说，"你丢人不丢人啊，你这样一羹接一羹地喝，人家还以为咱们家真的穷得见天了呢。"

女人就抬起头冲男人婉转地笑了笑，女人放下了羹，起身，冲男人的那帮哥们说，"大家慢慢喝啊，我有事先走了。"

那帮哥们就冲女人挥手："嫂子有事，你就先走啊。"

女人出门——

男人满满地倒了一杯酒，男人举起酒杯，男人冲哥们说："兄弟们，有女人在场，喝酒不尽兴，现在我把你们嫂子赶走了，来，今晚大家一醉方休，不醉的不是人。"

那帮哥们中的一个未举杯。男人就喊，"小牛子，你把杯子举起来呀。"

"哥，我真的不能喝了，再喝，我就该去见阎王了。"那个被喊作小牛子的人眼睑也抬不起来地说。

"你少给我找理由，男人不喝酒，枉在世间走，咱哥儿们几年没见面了，你别扫兴好不好。"男人说着为小牛子端起了酒杯。

"哥，我真的喝不下去了，你不知道，我这几年，身体老是出毛病，把酒都戒了的，要不是遇上你，天王老子来了，我也不喝一滴。"被叫做小牛子的人说完，头一歪，就在桌子上呼呼睡了起来。

"哎！真不知道，这几年他是怎么混的。"男人感叹一声，"喝"，与其他几个哥们一仰脖，酒就咕嘟咕嘟下肚了。

"再来一杯。"男人又把起了壶。

这个时候，女人回来了。打了回转的女人，冲大家浅吟一笑："不好意思，刚才掉东西了。"就有人问："嫂子，掉什么东西了？"女人回到刚才的位置上，女人捡起一面小镜子来。男人当即在心里气得直骂娘，他妈的女人，真个把人丢大了，还以为她丢了什么贵重的东西呢，一面破镜子，她也好意思回来拿！女人拿了镜子，起身，见已经被灌倒了的小牛子，就惊讶地说，"哟，已经牺牲了一个呀。"

"你还有完没完，这里没你的事了，快走，快走！"男人给女人下起了逐客令。

"我会走，我会走，你凶什么凶？"女人走出了包厅。

男人逐一地倒酒，一边倒酒，男人就一边地骂娘，"她妈的女人，破事就多，丢三落四的，把我们的酒兴都扫了。"

"哥，嫂子那是疼爱你呀。"几个哥们嬉笑着说。

"她妈的，她不懂，有些事情疼不得，就说喝酒这事吧，这事就疼不得，世间的男人，哪个不喝酒啊，不喝酒的男人，还叫男人吗？与人谈业务要喝酒，去搞关系要喝酒，无酒不成事啊，可她妈的就不懂，头发长见识短。"男人愤慨着的，酒杯就全部满上了。

"喝！"众人举杯，杯子很快地就见底。

这杯酒下肚，又有两人的醉倒在了桌子上。"才几年没见面，怎么一个二个的都熊了。"男人再次把壶，给没倒的几个哥们倒酒。

有个人影在包厅外闪了一下，一个哥们惊呼起来："嫂子还没走呀！"

女人就话随身形地进了来。

男人不高兴地问："你还有什么破事？"

女人就似笑非笑地说："我回来给你提个醒，酒醉了可别乱去做，这个餐厅的楼上就有许多妖娆的小姐呢。"

男人就一个劲地推女人，"你说什么呢？我们十二年的夫妻了，你还不放心？"

女人就说，"我还真不放心，酒后乱性，我们公司的一个挺正派的经理，喝了酒，就被几个小姐给拽进那种场所了，糊里糊涂的就与那小姐上了床，结果被公安局抓住了，落了个里外不是人。"

"我不是那种人！"男人再次地向女人保证。

"反正我也不干涉你们喝酒，为了我爱情的纯洁，我就在门外等着你们吧。"女人还真赖上了。

男人一下还真的没招数了，男人就冲还没倒的几个哥们歉意地一笑，"女人就这样子，最怕男人去花心。"

几个哥们就说，"理解！理解！我家那位也一样。"

大家就喝——

月亮高高地悬挂上天的时候，男人醉了。

男人是怎么回到家的，男人也记不起来了。

第二天，男人去上班。出门，男人看见自家楼下的必经之路上有个电讯公司挖的大坑。这个坑是什么时候挖的呀，男人绞尽脑汁地想，昨天下午去上班的时候都还没有呢？想了一阵，男人笑了。

以后，男人就很少喝酒。

妈妈和一部老电视剧

"蹦蹦蹦"，是妈妈上楼的声音，妈妈高跟鞋踩出的声音，差点就把整个楼梯给晃起来了。

她起身开门，只见妈妈气喘吁吁脸上还沁着汗，妈妈一边换鞋，就一边上气不接下气地问她："小菊，《渴望》开始了没有啊？"

"妈，你就为看这样一部老电视剧，看把你急的。"她把一块毛巾递给妈妈，妈妈真是的，一部老电视剧，都老得掉牙了，可妈妈还随时都惦记着，这不，还急跌跌地跑上了呢，妈妈的心脏可是不大好的呀。

妈妈一进屋，就打开了电视机，然后调到了放《渴望》那个台。那个台下滚动出一排小字幕：亲爱的观众朋友，本台重播的老电视剧《渴望》推迟到晚上十点整，敬请准时收看。

她看到妈妈的脸上划过一丝失望，她听见妈妈的嘟囔声，"怎么又推迟了啊，真的是老电视剧了，电视台想怎么安排就怎么安排了。"

离《渴望》开始还有几个小时的时间，她就挽了妈妈的胳膊，"妈，逛夜市去，你女儿的球鞋破了，该换了。"

妈妈看一眼她换下的鞋，见那鞋子帮线开始掉了，说一声"死闺女，脚劲可够大的"就和她出了门。

夜市离她家有好几站路，今晚的乘客非常多，公交车经过他们母女等候的站的时候，都是满的。"可别把《渴望》给等过了啊！"她见妈妈焦急得不停地掏出手机看时间。

又来一辆，她与妈妈奔去，可是仍是满的，人们坐车都坐疯了吧。

见坐公交车无望，妈妈就一狠心打了辆的，她听见妈妈喊他："小菊，上，等不了了，再等下去，回来的时候，《渴望》就开始了。"

母女俩到了夜市。

选了鞋，她拉着妈妈还想再逛一下，妈妈掏出手机看了看，然后就有点歉意地给她说，"闺女，改天逛吧，《渴望》要开始了呢。"

"妈——"她嘟起了小嘴，妈妈真是的，都成渴望迷了。

母女俩打车往回转。

一进家门，妈妈就打开了电视机坐着静静地等。

看妈妈的那个沉着状，她就止不住地问开了："妈，你原先没看过不是？这部电视剧好象十几年前就放过了呢，后来，还重播过。"

妈妈抬眼看了看她，说："这部电视剧妈妈只是断断续续地看过，没一集接一集地看过呢。"

"你为什么不一集接一集地看呢？"她好奇地问。

妈妈就冲她一笑："傻闺女，你说妈妈有机会一集接一集地看吗？"

她就猜测起来："那时你们还没电视机吧，我听隔壁的张阿姨讲，十六七年前，有电视机的人家可牛了，要与他们关系好的人才能睹上一晚的。"

妈妈又是对她亲切地一笑："闺女，你的老爸老妈都挺有出息的，也是挺新潮的，电视机还算奢侈品的那个年代，你的老爸老妈就买上了，而且还是大屏幕的，有25寸吧。"

她搞不清楚了，家里有电视机，可竟然不能一集接一集地看？

妈妈见她实在太想知道答案，就朝她伸了伸手。

她依偎在了妈妈的肩上。

妈妈似在回忆一样很甜蜜的东西似的，妈妈告诉她："傻闺女呀，放《渴望》的时候，妈妈刚生下你呢，你可够调皮捣蛋的，一到《渴望》开始的时候，就又哭又闹，妈妈只得哄你去了；重播过两次，一次是你小考的时候，一次是你中考的时候，为了能让你考上个好点的中学和高中，妈妈只得'忍痛'陪你复习了。"

原来如此啊，她叫一声"妈"，头也与妈妈偎得更紧……

第二天，她用自己积攒下来的零钱给妈妈买了《渴望》的全套光碟，她想，就让妈妈看个够吧！

丢弃在车里的爱情

故事发生在车里。

那天的我，正为错过了单位里的交通车而发愁，读者诸君，你也许会问我，你愁什么呀，另外坐一辆自己掏腰包的车去不就行了。你请听我慢慢道来，我所供职的单位是在一个偏远的乡下，跑那里的车，司机们都是要在起点站坐满了人才走，因为途中是很少有人上车的。我要走，就得包一辆车走，也就是说，我一个人，得花一车人的钱，你说我划算不划算，亏不亏？

正在我一筹莫展的时候，一辆车"嘣嚓"一声地停在了我面前。从车里伸出一个女人的脑壳来："去不去，刘家沟（我单位的所在地）。"我看了看她那车里，车里除开车的她外，空无一人，我有点迟疑："你这车还没坐人呢？""没人我也走。"她说。"真的？"我不相信地问。"谁谎你呢，上车吧，马上就走；放心，我不会多收你一分钱的。"她说着，就伸手为我打开了副驾驶的门。她的话使我像吃了定心丸，我一屁股坐了上去。

车子启动，就如她所说，马上就走，没有再为位置没满的等人。

早上的空气很好，看着车窗外障眼的绿，我和她聊起来。

"我还是第一次坐你的车呢，这条路上的车，我几乎都坐过。"我说。

"是第二次。"她说，是那么的显得有把握。

"你们跑这条路的车有十几辆，也许我真的是记不得了。"我打自己的圆场。

"就是半年前，那天，你们单位的交通车半路抛锚了，好多人都转乘了我的车，你是第一个上来的人，你好高的个子，一下就搁我脑里了。"

她说，她的记忆力简直叫我吃惊，那天车抛锚的事我都忘记了，可她还清晰地记得！

接下来是一阵沉默。

沉默一阵，她先开了口，她说："你该不会迟到吧，我记得你们单位是九点准时上班的，现在都八点过了。"

我看了看自己手机上的时间，我说，"没关系，顶多迟到两分钟，两分钟，无关紧要，打考勤的老头是个可以通融的人，可以向他解释。"

她偏转头朝我一笑，说，"教你个方法，也许是个最蠢的方法，你可以把你自己的时间调慢，这样，就用不着解释了。"

我忍不住地一笑，好逗的女人！

又是一阵沉默。

沉默一阵，还是她先口，她说："你们迟到，怎么的罚？"

"迟到一次，罚五十元。"我说。

"我们也是，违反一次交通规则，罚五十元。"她附和着说。

"现在都成罚款的社会了。"接着她的话，我感叹。

"你这个说法还真有点像。"她又是偏转头对我一笑。

"多生了娃儿要罚款，往地上不经意扔了纸屑要罚款，打了架，进到派出所里，嗒，还是罚款，还有离婚，那也可以说是一种罚款，谁先提出的，谁就得多给对方钱。"长期工作于基层的我，一提起"罚款"，就有说不完的话。

她静静地听。

我说完，就侧眼看她的反应。

她表情专注，一个劲盯着前方。

我不自觉地看了看她的路码表，天，八十码呢。

她没有感觉到我的惊诧，仍是盯着前方加速。

我的心里有点感动起来，人家在为我赶时间呢！

这时候，有风从耳边吹过。

风把她长长的头发吹得飘起来，有几丝，还飘到了我的耳际，带来一阵令人心猿意马的臆动。

我就这样的被感动了，我的眼时不时地侧视她，我发觉她是一个很美的女人，她的眼，她的眉，她的鼻，以及那张曾经逗得我笑的小嘴，在侧视中，都有一种叫人欲忍不忍的美。

在这当儿，我又记起了她说的话：你好高的个子，一下的就搁我脑里了。还有她专门的为我跑一趟，以及为了使我不迟到，把车开得飞快……

我对她想入菲菲起来，我甚至怀疑，她那偏转头的一笑，都是对我饱含着某种深情或示意。

就这样想着的，车"嘣嚓"一声停下了。

我有点不情愿，有点意犹未尽地下车。

"没吓着你吧?"她对下车的我说。

"没吓着。"我说。

"对不起，我今早和我男人吵架了，就想找个男人聊聊气气他。"她说，说毕，向我歉意地笑笑。

把爸叫叔

那年我十岁，十岁的我非常想爹，爹自我六岁那年去省城打工，几年间他整个人就像从人间蒸发了似的，没回过一趟家，没来过一封信。我决定背着娘去省城找爹。来之前，我曾经问过村里的二狗叔，他说他一月前在省城里见过爹，爹做烟酒副食生意，铺面在大东批发城 B 栋 103 号。偷偷地上了火车，在厕所里胆战心惊蜷了一夜，第二日天明，我到了省城。呵，城市里与农村好与众不同，到处是高楼大厦，到处是车水马龙，"待找到了爹，得让他带我好好地玩玩"，我想。一个好心的三轮车夫把我送到了 B 栋 103 号。那是一个好大的铺面呀，里里外外都堆满了货，柜台上还摆满了我只能在电视上看到的方便面和越吹越大的大大卷。"爹在这里发财，却让我和娘在乡下吃苦"，我心里埋怨起爹来，埋怨之余，心里又是满心的欢喜，"看我过后怎样罚你"，我想起揉爹的胳肢窝的事来，记忆中，爹和我讲理，他理亏，便让我揉他的胳肢窝，把他揉得摔下了床……我在铺面前站了很久，可是不见爹的丁点身影，是不是我找错了，我睁大眼睛再次将那门牌看了看，没错！爹到哪里去了呢，我在离那门面一米远处溜达起来。我的行踪引起了门面里那个女人的注意，那是一个怎样的女人呢，她看上去要比娘年轻，穿着也很讲究，就像电视里放的模特。"小子，你找谁?"女人从门面里走出来问我，手里还拿着个鸡毛掸子。"我找吴大成。"我说。"你找他做什么?"女人又问。"他是我……"我正准备接着把话说完，只见女人背后的门面里探出一张脸来，那张脸一阵的冲我示意和摆手，爹，是爹，我心里惊喜极了，眼泪止不住地流，你怎么现在才出来呀，人家准备着把我当小偷赶呢!"这是我哥的孩子，这小子放假了出来逛，来找我了呢。"我见爹走出

来，如此地对那女人说。我惊得瞪大了眼，爹竟把我说成是他的侄子！"是你哥的孩子，你还不把他叫进来，大热天的，太阳明晃晃地晒。"女人向爹招呼，转身进了门面。我正欲想说什么，比如分辩她搞错了之类的，但我一抬头，只见爹一个劲地冲我使眼色，我想爹一定是有什么难言之隐，我勾着头进了门面，怯怯叫了声："叔。"

晚上，爹把我安排在一个旅社里。洗了脚，洗了脸，把昨晚蹲火车厕所的那些个臭气洗净，我怔怔地看着爹。"傻小子，几年不见，都快齐我上腰了呢！"爹抹我的头发一把。我仍怔怔地看着爹，白天那些个疑问一直萦绕心头。"爹告诉你"，爹又抹我的头一把，冲我一笑，把我搂在了怀里，"这几年，我也非常想你和你娘，尤其是你，我经常梦见你揉我的胳肢窝……我想把钱赚够后再回家看你。你在那门面前转悠的时候，我就看见你了，我想背着的时候再喊你……唉，打工真不易，老板们非常苛刻，要没结过婚的，要没孩子的"，爹说。听着爹的话，我心里的疑问一一解开，同时，也明白了爹不是二狗叔说的是在做生意，他是在帮人打工，是在看人家眼色行事。爹真不容易，我只觉得眼里泪花打转。接下来，爹说："傻小子，你住几天，赶紧回去，别让你娘好找。"说完，又说："傻小子，你在这里会砸了我的饭碗。""我不喊你做爹，我喊你叔。"我调皮地向爹保证。"那你可要记好了，只准喊叔，不准喊爹。"爹进一步嘱咐我。嘱咐完，爹走出房间，我听见他对旅社里的老板讲，叫老板看着我别让我四处乱跑。怎么，难道爹不陪我？爹回来的时候，我乞乞地看着他，"晚上经常有人要货，爹得随喊随到"，爹略带歉意地向我解释。解释完，爹踩着咯咯的脚步声走了，他的脚步声好重，踩得我心口一阵又一阵的痛……

我在旅社里像坐牢似的住了下来。

第三天，我实在住不下去了，我乘旅社里招呼我的那个人不注意，我悄悄溜了出去。

我溜到了爹的门面上。

爹正在抬货，"叔，我帮你抬"，我别别地说了声。

"谁叫你跑出来的。"爹狠狠地瞪我。

"叔，我想你呢。"我冲爹扮了个鬼脸。

"来了，就给我好好呆着。"爹话中有话。

我在一旁找个位置坐了，看爹抬货，品味他和我相处的岁月……

那个女人，那个所谓苛刻的老板吧，给了我一大把各色的泡泡糖，她说："傻小子，没吃过吧，唉，你们农村孩子也真够可怜的!"

吹着泡泡糖，我继续欣赏爹的身影。

爹爬上了一个高处，我的心都提到了嗓子眼上。

爹垫脚的地方的货开始松动，摇摇欲坠，我一下忘记了应管爹叫叔，一口将泡泡糖吐掉，我冲他急喊："爹，小心，小心……"

喊完，我见爹摔了下来，那个给我泡泡糖的女人抓住爹又哭又闹："吴大成，哼，亏你想得出来，你不是说你没结婚吗? 刚才这小子叫你什么来着，你给我大声地说一遍。"

我意识到了我所犯的错误，但我这人挺机灵的，我急忙向那个女人解释，我说："阿姨，我们那地方有个风俗，可以把叔叫做爸……"

杀人烟

男人爱抽烟，一天一包，后来发展到一天两包，还有向三包发展的趋势。

这可把个女人吓傻了。

女人绞尽脑汁地想让男人戒烟。

女人对男人说：你没看到书上说抽烟等于慢性自杀吗？多抽一支烟，就等于每天要消耗掉生命中的十二秒钟，你算算，你一天抽掉两包，四十支烟乘以十二，你一天就要少活四百八十秒呢，也就是说你一天要少活八分钟了，一天八分钟，一个月是多少，一年是多少，十年、二十年是多少，还有，还有抽烟所导致的疾病……女人最后说：我都不敢算了，我都不敢想象了。

男人在吞云吐雾中听到女人为他算的明细帐，男人就吐一口烟雾，然后笑着的说：我算过了，反正就那么少活一两年，最多三年，再多，就五年吧，少活几年怕什么，只要快乐就行了，至于抽烟所带来的对身体的危害，我现在还没感觉到，感觉到那天再说吧。

女人见算生命账不行，女人就说：就算你不为自己考虑，你得为咱们的宝贝儿子考虑吧，咱们的宝贝天天生活在你的吞云吐雾中，你说你对他毒害多大，专家说，被动吸烟比主动吸烟遭受的毒害大呢。

这是个问题，以后，女人就没见男人再抽烟。

女人在心里高兴，还是儿子重要呀，女人为自己使出的这个有效的杀手锏而兴奋。不过这种兴奋只是那么的保持了三四天。第四天，女人就发觉男人还在抽烟，女人去上厕所，厕所门紧闭，女人猛一推，推进门去，女人看见男人正蜷缩在墙角蹲着呢，再看厕所里，里面可是烟雾弥漫了，熏得眼都有点睁不开了。原来男人是躲在厕所里抽烟，那一分种，女人就有一种忧虑袭上了心头，看来，男人的烟是很难戒掉了，要戒掉男人的烟，看来是难上加难了。

后来，女人想了个办法，女人想，病人不是很听医生的话吗，让医生来帮男人把烟戒掉吧。

说行动就行动，女人先找了医院里拍 X 片的医生，女人给医生交了底，要医生把男人的肺呀咽喉气管的说得严重些，医生很为女人对男人的关心感动，就对女人说：你尽管放心，我保证把他吓着。取得了医生的同意，女人就软磨硬缠把男人拽进了医院里的 X 室。一个小时过去的时候，片子就出来了，医生指给女人的男人看：你看，你的肺上纹理紊乱，有集结的态势；你的咽喉喉管呀，充血膨胀，有不明的斑点。医生最后对女人的男人说：小伙子，少抽烟吧，你再抽，怕连命都要抽掉呢。男人当即的就被吓了一大跳，"集结态势"、"不明斑点"，这当中的隐喻，谁个不知道呀，癌症的先兆呢。

从医院出来后，男人的脸上就有点闷闷不乐了。再以后的一个星期，女人就没见男人抽烟了，女人看厕所里，厕所里的男人，在看书呢。

不过这种良好也只保持了一个星期。

一个星期后，女人又发现男人在抽烟了，男人对女人说：医生的话只能信三分之一，没病的人也要给他们吓出病来呢，他娘的把我说得那样严重，可我根本没觉得我有什么不舒服呀？男人最后对女人歉意地笑笑：亲爱的，原谅我吧，爱上这一口，没法戒了，死了都要抽了。

女人当即就恼火了，女人说：抽，抽，你再抽，你晚上就不要上我的床，你再抽，我就和你离婚去，嫁个老头也比你这半路上要死的烟鬼强。

男人见女人生气，就去爱怜的揉女人胳肢窝：你别生气了行否，我少抽，然后不抽，这得有个过程呀。女人看着男人一脸的爱意，女人发不出脾气来了，男人什么都好，就只爱抽烟这点不好！

日子一如往常的过，男人仍然抽他的烟，女人也懒得去说了，该干什么还干什么去。

男人最终还是把烟戒掉了。而且戒得很彻底，半年了，女人就没看

见男人抽过一支烟。男人对烟还敏感了起来，闻到别人抽烟的烟味，他就不停地咳嗽，就远远地跑开。

这一切的改变，女人心里就一个的高兴，看来男人，他还是看重他的女人的，他还是为他的女人，还是为他的整个家庭着想的。

女人，弥漫在一种幸福的包围中。

幸福了大概不到八个月的时间吧，在一个深夜里，女人就犹如一尊雕像似的从她家住的十二楼上直直地掉了下去。

灯光闪烁，男人把一个手机摔坏，然后又踩成碎片。

男人踩成碎片的手机里隐藏着一条半年前男人忘记删了的短信，短信上说：你想和我好，你想上我的床，你就彻底的戒烟吧，我对烟很敏感，闻到烟的味道，我就直作呕……我希望我的外遇不是一个大烟鬼，你自己考虑吧。

逃犯阿里

逃犯阿里突然想起回家，那是他看到了一个孕妇。

那天的阿里，隐藏在一个孕妇家里，只等天黑，他便开始实施行窃。天黑下来，估摸着可以动手的时候，阿里就从床下蹑手蹑脚钻了出来。突然，床上的孕妇有了反应，她先是一阵的扭动，然后就是狼嚎似地"哎哟，妈哟"的大喊，那声音，房子都可以震踏了。显然，这是一个快临产了的孕妇。孕妇已经发现了阿里，但疼痛也使她忘记了阿里是干什么的，她挣扎着对阿里说："大哥，麻烦你把我送医院啊，我可能要提前生产了，你看这家里，帮个忙的人也没有，我知道你要什么，把我送医院里，你要什么我都答应你啊，绝不食言。"阿里怔了，行劫十几年，还是第一次遇到这种事，是乘危打劫，还是救人一把，他一下地犹豫起来。女人满眼期待地望着阿里，她痛苦地扭曲，身下的血汨汨地冒出来，在暗夜里是那样地鲜明。阿里最终选择了送女人去医院，也许这就是人性的光辉，人性的良知未泯吧！

女人安全地进了医院，阿里转身消失在了茫茫夜色中。风很冷，直往阿里脖子里灌。行走在风中，女人的嚎叫，女人痛苦的扭曲，女人身下冒出的汨汨的血，成了阿里眼中挥之不尽的风景——阿里想起了妻子荷香。荷香现在怎么样了啊？自己逃出来的时候，她就已经怀上两月了的，哎，半年了，现在的她，肚子一定挺得像小山呢。这样想着的时候，阿里禁不住地为荷香担忧起来，自己不在她身边，要是她真像这个女人的突然提前了，可怎么办啊？

阿里后悔起不听荷香的话来。

荷香是知道阿里是个惯偷的，但她还是不能控制地爱上了阿里，阿里好帅好酷哦，往人跟前一站，一表人才谈吐不俗。爱上阿里，荷香想，可以慢慢地改变他啊，尤其是怀上阿里的孩子后，荷香就更有信心了，她把阿里的手拉在自己的肚子上抚摩，说，"阿里，你看我们很快就要有孩子了，你想让孩子以后怎么看你？"阿里一笑，"香，你放心好了，我绝对不会在干那种事了，我要为你着想，尤其是要为孩子着想，我总不能，让孩子懂事后，别人指着他的脊梁骨骂他，'看，他爹是个偷儿呢？'，那样多没劲呀。"但阿里还是止不住地又偷了，那是一天，他看到一个单位的保管取了好多钱，有二十来万吧，他就去踩了那人的点，二十万元到手了，可他的身影却留在了那单位的摄像头里，公安局顺藤摸瓜查到了他，他就只能选择逃亡了。逃亡的那晚，荷香涕泪涟涟，一个劲地责问他："你不是说你不干了吗？怎么又干上了。""我想干这最后一票啊，那钱好多啊，干完这一票，我就不干，打死我也不再干。"阿里给荷香解释。"去自首吧。"荷香劝阿里。"自首，我原先干的那些都要一股脑儿招出来啊，还不把牢底坐穿！"阿里最终选择了逃亡。

今天遇到的这个孕妇，她的艰难醍醐灌顶般地激醒了阿里，几经犹豫，阿里决定遁回去看看荷香，顺便将头仰在荷香的肚子上，听听小家伙踢腿的声音，那是个什么感觉呢，听人说，小孩子在娘肚子里五个月就会踢腿伸脚了呢！

夜很深，阿里下了长途车，就直奔他和荷香居住的小屋。

"公安还在四处抓你呢。"荷香对深夜归来的阿里大感意外。

"顾不了了。"阿里冲荷香笑笑，然后就准备着的把头埋到荷香的肚子上去。

阿里感觉到荷香的肚子瘪瘪的，一点挺的感觉也没有。

"生了吧"，阿里直朝内屋里钻。

在内屋里，阿里什么也没看到。

阿里回头，阿里看到了抹泪的荷香，荷香说："阿里哥哥，真对不起，你走后，亲朋好友们就劝我把孩子打掉了。"

阿里一个晕厥，只差没倒下去。

先生是艺术系毕业的吧

在小宛陶吧里的所有捏族中，吧主小宛感觉那个很帅气的小伙是最有艺术水准的一个。

小伙捏的是一个房子。

那个房子，可不是单一的房子，房子的周围有绿树掩映，绿树之下，是一弯若隐若现的溪水，间或地，还能看见一二座小桥。房子的前面，是五彩鹅卵石铺成的一条林荫小道，一直弯弯绕绕地绕到房子的门前。房子的里面装饰得很是典雅，客厅里挂着一幅古画，两株盆栽的万年青绿意盎然。在房子一边的阳台上，拉着一副秋千，有两个可人的人儿在荡。

这个设计真的是太完美，太绝伦了啊，"先生，你是艺术系毕业的吧。"见帅气小伙在房子大功完成落下最后一笔的时候，小宛就止不住地问开了。

"什么艺术系啊？我在大学里念的是枯燥的化学。"帅气小伙抱着手隔老远地看他的艺术品，看着，似乎感觉那树上是少了些许生机，于是就添了几只出窝的小鸟。

"先生不是艺术系毕业，那么就可能是家传的本事喽？"小宛再次地问。

"也不是！"小伙说着的，再次梳理那些小鸟，他把那些小鸟都梳理得展翅欲飞了。

"那先生这一身本事是从哪里学来的？"小宛对眼前这个人物更是神秘起来，这个人物捏陶的本事真的太大了啊！

"想听吗？"小伙突然冲小宛一笑。

"想听——"小宛沉凝下来，捏陶的人，尤其是能把陶捏得出神入化的人，他们背后都有一段传奇的故事，就说自己上二十辈的爷爷吧，陶捏得好，后来感动了一个官家小姐，官家小姐都以身相许了。

小伙沉思了一阵，最后，他有点窘地说，"还是不说了吧，说出来不好意思呢。"

"有什么不好意思的呢?"小宛感觉到这个帅气小伙越发地逗人喜爱了。

"还是不说吧，说出来真不好意思呢。"小伙再一次地说，脸也泛红。

"很保守噢!"小宛冲帅气小伙露了个鬼脸。

"麻烦你，别让其他人给我碰坏了啊。"小伙冲小宛一笑，又说，"我明天还来哩。"小伙说完，把自己捏的房子就放进了捏柜里，之后，转身喜气洋洋地出了门。

看小伙走一步蹦三步的样子，小宛就给小伙的捏柜上了锁，这个房子，不，应该是这件艺术品对这个小伙一定很重要，其他的捏族，他们捏后，都是随手一甩就出了门，而小伙，却是要给他保存? ——就算小伙不提醒她保存，她也会为他保存的，这可是一件真正的艺术品啊，称得上艺术品的东西，都值得保存!

第二天，小伙来了，与他同来的，还有一个漂亮的女孩。

小宛迎了上去，"艺术家，你的东西我可给你上了锁的。"

那个漂亮的女孩就冲小宛一笑，"小妹子，不好意思了。"

"你先生是个艺术家呢，你看他的陶捏得多好!"小宛边说着地就给他们开了锁。

房子被抬出。

"看，这是假山;看，这是绿树;我还想到了该有一溪潺潺的流水，对喽，有流水就得有小桥，小桥流水，够诗意，够浪漫吧。"小宛听见小伙帅气盎然地给那个漂亮女孩说。

"哟! 小径还是鹅卵石铺的呢。""哟! 屋内还有古色古香的画呢。""哟! 阳台上还有秋千。"小宛听见漂亮女孩一阵又一阵的惊呼声。

看他们欣赏得差不多了，小宛就插了上去，"两位，如果你们同意，我准备把你们这件艺术品送去参加全国的陶展。"

帅气男孩说话了："谢谢了，我该取个什么名字去参展呢？"

"就叫我们的梦想吧！"帅气男孩想了一阵，脱口而出。

"我们的梦想？"小宛止不住地喃喃自语起来，然后一笑，"该告诉我你把这个房子捏得出神入化的秘密了吧。"

漂亮女孩接过话去："我们要结婚了，做梦都想买一套房子，可是房价太贵，我们何年何月才有那一笔钱呀，今天，他告诉我，他说他有了一套梦中的房子，拽着我来看，他是把他的梦想都捏进去了啊。"

小宛怔了，她真想不到的，房子背后，竟是如此凄酸的故事。

疯狂吃减肥药的女人

看到惠大把大把地吃那些减肥药，强心里就止不住地长叹了："哎！容颜当真是女人们的第一了，什么时候，女人们可都是把容颜当成生活中的第一了。"

强这样感叹，强是有道理的，惠在前年就因为车祸失去了双腿，失去了双腿的她只能坐在轮椅上，可就是这样了的她，竟然还不忘减肥，而且是疯狂减肥，大把大把地把那些减肥药不要命地吃下去！

强几乎是哽咽着给惠说的，"惠，我亲爱的惠，你别这样好不好，我是不会抛弃你的，永远都不会。"

惠就给强一笑："谢谢！谢谢！遇到你这样的男人我真幸福。"说完，惠又反问似的对强说，"你说，我能保持一个娇好的容颜不是更好吗？你能有一个貌美如花的女人不是更好吗？"

强就只有摇头的份了，哎，随她吃吧，女人要美丽，谁也阻止不了。

惠一如既往地吃那些减肥药。

惠最终因为吃减肥药过量地进了医院的抢救室。

强在抢救室外不停地走，惠，惠，你这是何苦呢，自己找罪受啊！

惠出院后，强就给惠说，"惠，我亲爱的惠，答应我，别在吃那些减肥药了好不好？"

"不吃了，不吃了，打死我也不吃了。"惠在轮椅上给强笑着保证。

时间过了半年。半年中，强再没看到惠吃减肥药，强放心了。

一天，强出差在外，强的手机突然响了，电话是医院里来的，医院里给强说，"快回来吧，你女人吃减肥药过量，生命垂危呢。"

原来惠一直在背着自己吃减肥药呀，强当即就有点恼了，这不是在

给咱添堵吗，咱为了整个家，已经够操心的了，现在还得为她的"减肥中毒"操心，这还不把咱折磨死去呀。

惠被抢救过来的时候，强的怒火就再以忍不住了，他冲惠说："你要我怎么样你才放心啊？我已经给你说过多少遍了，我不是那种忘情的男人，你虽然残废了，可我还会向以前那样爱你的。"

惠就像个犯了错误的小女孩，把头压得低低的。

旁边的医生见强的怒火仿佛就能把房子烧了似的，就把强拉到了一边，医生给强说："你女人一而再再而三的吃减肥药中毒，我问过她了，她说有原因的。"医生说完，又说："你女人，真的是个难得的好女人呀，她处处都想到了，想得很周到啊。"强就有点冷笑，"她要是想得周到，也不会的给我添麻烦了。"医生就给强说，"你女人给我说了，长期坐轮椅，身体会发福，加上她个子又很大的，她每次看到你费力地给她翻身，费力地抱她上床，她的心里都很难受，她是想把自己的体重减下来啊，她是想控制住自己的身体不疯长啊。"

"惠！惠！我亲爱的惠！"强的眼泪就那么止都止不住地落下来了。

隐　私

侯三有过三次把土匪胡大麻子送进区政府大牢的机会。

第一次，胡大麻子脱鞋，胡大麻子看见鞋子已经开线了，胡大麻子就说，"侯三，去给老子买双鞋来吧。"

侯三就去。

侯三一溜烟地跑。在离区政府门口还有十来丈的时候，侯三突然刹住了脚。望望区政府门口站得笔直的解放军，侯三摇摇脑袋打了回转。

侯三买了鞋子回去。

胡大麻子又说，"妈的，刚才脱衣服的时候没注意，这衣服在深山老林里钻，被挂破了的呢。"

胡大麻子又要侯三去买衣服。

侯三去买衣服。

侯三在街上就遇到了区政府的王连长。王连长老远就给侯三打招呼，"侯三，上街啊。"侯三就嗯了一声。王连长问："侯三，上街干什么啊?"侯三就眼也不敢抬地回答，"给，给，给我参买，买件衣服呢。""你小子孝顺!"王连长夸侯三。接下来，王连长就和侯三一齐走，王连长说区政府的煤烧完了，要到街上去采购些。"侯三，区政府分的粮够你家过冬吧。"王连长一边走，一边问。"够!够!还有结余呢!"侯三回答。转过一个角，王连长就和侯三分了手。分手的时候，王连长拉住侯三的手，"侯三，你常在山上打猎，你给我们留意些，一旦发现土匪胡大麻子的踪迹，赶紧报告啊。"侯三头点得像鸡啄米，"是!是!"王连长转身消失，侯三木了好大一阵。

侯三买了衣服回去。

胡大麻子又说，"还有酒，刚才忘记叫你买酒了，去，给老子打五斤回来。"

侯三再去买酒。

侯三出门的时候，脚步就有点踉跄了，门口有张高大的凳子，他竟然没看到，那张凳子把他绊了一跤，打得噼啪的响。

来到街上，侯三就看见一队解放军押着几个五花大绑的土匪朝他走来。

"我，我，我家……"解放军朝侯三身边走过的时候，侯三就拽住了其中的一个说。

"老乡，你家有什么事？"那个解放军亲聆地问。

"我，我，我家里有……"侯三想吐出土匪二字，但话到嘴边他又刹住了。

"老乡，你是说你家里有土匪吗？"那个解放军又问。

"没，没，没土匪！"侯三连忙地回答。

"老乡，如果有土匪，你要给我们汇报啊。"那个解放军说完，又给侯三壮胆似的说，"老乡，你别怕啊，现在不是土匪横行的年代了，有人民政府撑腰，你们报告一个，我们保管消灭一个，让他们插翅难逃。"

"我，我刚才是说你们解放军好样的，把这些平时欺压我们的土匪都抓起来了。"侯三惊慌地找话搪塞。

"我们就是为人民服务的。"那个解放军笑笑了，带起停下来的队伍朝前走了。

侯三看着远去的队伍，又是木了好一阵……

打了酒，侯三回去。

"你小子，够听话的。"胡大麻子甩给侯三一块金子。

当夜，胡大麻子穿上新鞋新衣服，然后提上没喝完的酒，重新潜入了黑乎乎的大深林。

一年后，胡大麻子被捕。

胡大麻子向解放军供出了曾经在侯三家落脚过，还送了侯三一块金子。

侯三被解放军以通匪论处要执行枪决。

执刑那天，一个女人闯了刑场。

那个女人拽住侯三，一边抹泪一边哭泣，"娃他爸，你就说啊，你就给解放军说了啊。"

侯三给了女人一脚，"说个屁，老子死了也不说。"

枪已经上膛，只待一声令下。

女人再以顾不了，她一下地跪在了指挥执刑的解放军面前，"我家侯三是被逼的，给他百个胆，他也没有通匪的勇气啊。"

指挥执刑的解放军就命令放下了枪。

女人就哭泣着的说出一事来："土匪胡大麻子落脚我家，这畜生打起了我的主意，活脱脱的硬是折磨了我一天呐……侯三几次想报告，可他怕我被土匪强奸的事给漏了出去，土匪千刀万剐闭眼去了，他说他还得活呀……"

女人诉说完，在场的人愣了又愣。

风雨彩虹，铿锵玫瑰

是娘，怎么能害自己的心头肉！

——题记

他感觉到自己生活在这个世界上，真的是太艰难了。

他是先天性的侏儒，十三岁了的他，站起还没有一张桌子高，人们都叫他土行孙。

对喽，他还是先天性的瘸腿，只能一跛一跛地出进了。

世间所有的不幸都让他一个人摊上了，他是世界上最不幸的人了。

他没上过学，他识得的几个字，都是在家里妈妈教的，他怕上学，他承受不起同学们的比高矮。

他把自己封闭起来，他不爱与同龄的小朋友们玩，他怕他们对他的奚落，他们经常用跑步来嘲笑他的瘸腿。

十六岁那年，妈妈给他找了一个工作：给某公司看大门。

那是一扇很高很高的门，他的手要够着那个锁，得抬一张差不多跟他一样高的凳子垫着。

那还是一扇很重很重的门，其实那个很重，只是相对于他来说，正常人"吱呀"一声就推开了的，而他却要"吱呀"好几声才能推开。

一天，下着一场好大的雨。

一辆车要紧急出门。

"快开门！快开门！"开车的喇叭都按破了地招呼他。

他瘸着腿一跛一跛地去开门。

"你能不能快点啊？"开车的冲他发起了脾气。

雨水顺着他的额淌下来，他费了好大劲才一路"小跑着"跑到了铁门边。

"你快点呀，你这个死瘸子，人家忙死了呢。"开车的人又是埋怨。

"就快了！就快了！"他把铁门边预先准备用来站的凳子一步一步地移到了铁门的锁边，然后又慢慢地站了上去，"咣当"，锁被他打开了。

"快！快！"开车的只差没骂娘了。

把凳子移开，他准备推门。由于大雨如注，那门竟然的比平时重和涩了，他连续"吱呀"了好一阵都没推开。

"你，什么意思呀？"开车的脑壳伸出来，冲他挺不友好的意思，那架势，再不开，就要下来揍他了。

他一发狠地，就用肩膀去撞。门在他的猛撞下，"吱呀"的一声就很响亮地开了。

他的身体因为这一撞的失去了平衡，他很快地就摔倒在泥水里。

车子绝尘而去，里面留下的一路欢歌清晰地响在他的耳际。

他在雨中慢慢地爬起。

由于腿不方便，他爬了好一阵才爬起。爬起来了的他，浑身的泥浆，满头满脑都是。

看着那张在雨中兀自立起的凳子，想起刚才车里的一路欢歌，想起平常人轻而易举就推开了的门而自己却要用肩膀撞，想起……他就感觉到自己真的活得太艰难了，活得太造孽了。

回到家，他就止不住地给母亲说："妈，你为什么在我不知事的时候不把我杀了啊？你知道吗，先天性带这么多残疾的我，活在这个世界上，真的是太难了啊，我都快承受不住了，我都快崩溃了！我连自杀的勇气都有了！"

妈妈抹一把泪，泪眼中，妈妈一把搂过他地说："儿子，你胡说什么哩？妈妈愿意养你一生一世，可妈妈却不能害你呀，妈妈是娘，是娘，怎么能害自己的心头肉啊?!"

他的心里禁不住地一震，这是天底下最无私、最伟大的母爱啊，自己怎么能辜负这伟大的母爱呢？

以后，再遇到困难，再遭受到"白眼"的时候，他就情不自禁地唱

起《风雨彩虹铿锵玫瑰》给自己打气：……身上的痛，让我难以入睡。脚下的路，还有更多的累。再多忧伤，再多痛苦，自己去背……纵横四海，笑傲天涯，永不后退……

他想，他会笑对明天，不能再让那伟大的母爱落泪！

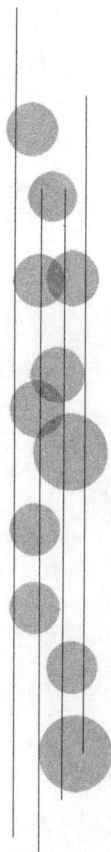

当官的最大收获

甲乙丙丁四个局长聚集在一起，闲来无事，就关起门来说当官的最大收获。

甲局长先说。甲局长呵呵一笑，说：我当官的最大收获是找回了爱情。其余三个局长都百思不解地看着甲局长，当官的还缺爱情吗，每天里投桃送怀的美女不知有多少呢？甲局长感慨地解释：你们知道吗，我原先读大学时候，苦追一个丫头，可人家就是不理我，我喊她做娘了她都不理我。当官好啊，咱这里一当上局长，与她一拉就响——她为我离了婚，虽然也不是什么黄花大闺女了，但咱，但咱毕竟找回了点感觉！

乙局长接着说。他说他当官最大的收获是做了回神仙。其余三个局长说：咱当官的都是共产党员，是唯物论者，你小子别咋呼人，哪里来的神仙？乙局长抽一口烟，就在烟雾中慢条斯理地说：当官好啊，每天里听的尽是吹捧拍马屁的话，当了官，自由极了，没有谁敢打考勤，即使是因为"床上功夫"耽搁的不想去上班了，也可算作公差；当官说出来的话，说错了，也没人敢说错，还说比屁还香呢，唯恐还闻不到呢；当官的感觉真爽啊，你一个微笑，一个颦眉，都可令属下思量上几天呢，就说一次吧，我牙疼，疼得我几天里开不了口，你说怎么着，我属下还以为是他得罪了我呢，给我写了洋洋洒洒的万言赔礼书，把我的肚皮都笑破了。乙局长最后反问大家：大家说说，这样的日子，这样唯你马首是瞻的日子，说错了都没人敢说错的日子，你的一颦一笑都可影响他人生活的日子是不是神仙的日子？大家都说是，一致赞同是神仙都过不上的日子，大家还拉出了猪八戒来比，说猪八戒是神仙怎么了，还不是因为戏一次嫦娥就被投在猪胎里了。

丙局长接着说。丙局长说：我最大收获是给了瞧不起我的人最有力的回击。你打击报复呀，其余三个局长都睁大了眼睛吃惊地看着丙局长。丙局长抽一口烟，气定神闲的站了起来，大手一挥：哥们，你们不知道呀，那感觉那个爽，英雄的感觉，当年成吉思汗征服大草原，马踏欧洲不过如此吧。丙局长"将军式"的挥完手，就落座，就挤着眼睛的对众局长说：我单位一个爱写文章的小子老是瞧不起我，老说我不学无术，说我当官凭借的是"婆娘公关"，这小子还在报上含沙射影的骂我，把爷爷我常常弄得下不了台来。机会来了，县委要下派一些人去偏远乡镇工作，俺就以"组织上安排，组织上需要"整了小子这狗日的。你们知道吗，这小子走的那天，身影透迤，他一步一回头，俺在后面望着他的背影哈哈大笑，小子明知是我整他他也没办法，爽呀，那个爽呀！

丙局长抒发完自己的畅快，丁局长接着说。他说：要说收获嘛，咱没甚大的，不过也说说，凑大家个热闹。于是丁局长就说：俺的收获呀，就是帮了好多亲戚朋友。丁局长姓龙，管农业局，其余三个局长就说：龙局长，你帮了多少人的忙，你管的那局该不会改名叫"龙"业局了吧？龙局长就笑，说：还真叫大家说对了，咱那农业局呀，现在背地里都叫"龙业局"了，一半以上的工作人员都姓龙了呢，都是俺老家的人，"当官不为家作主，不如回家种红薯"，"一人得道，鸡犬升天"，你们说说，俺要不为家族，不为朋友办点事，俺这官还当什么，还当来做什么？可以欣慰的，凡是受了我恩惠的人，对我可是的尊敬，他们喧闹着在老家要给我立功德碑呢，俺要留名千史了，俺要海枯石不烂了！

四局长说完，都各自为自己"最大的收获"趾高气扬起来。这时候，进来了一个戊局长。戊局长是一个很不爱凑热闹的局长，刚才甲乙丙丁四局长拉他一个包厢吹牛的时候他婉拒了，可甲乙丙丁四局长的高谈阔论，他却是在隔壁听了个一清二楚的。进来的戊局长对甲乙丙丁四局长说：你们说的都不对，彻底的不对，大大的不对，严重的不对。甲乙丙丁四局长都惊呆了：戊局长连说几个不对，他的是什么收获呢，是什么惊人之举呢？戊局长见大家沉疑，就说：咱们当官的最大的收获应该是吃出了一身的病来，咱们天天酒桌上逛，大鱼大肉，大龙大虾，天上飞的，地下爬的，只要是咱们想吃的，没有弄不来的，在坐的各位，谁敢

说谁没病？都他娘的不是高血压就是高血脂不是酒精肝就是脂肪肝，严重的，还心肌肥大心肌梗塞，就说我吧，脂肪肝加酒精肝，他娘的，这还不算，前天一去检查，又有了新发现，血糖偏高，糖尿病的先兆呢，都是大吃胡吃海吃乱吃闹的。

戊局长说完，几颗油得发亮的脑壳竟吭不出声来了……

一种女人

嫂子刚来我家那阵儿，又哭又闹的。

爹把她锁在偏房里，锁上加锁。

吃饭的时候，爹把比我长十岁的哥叫来，爹说，柱儿，给你媳妇送饭去。

哥接过爹递过来的钥匙，哥小心翼翼地开门，我抬着饭碗之类的跟在后面。

碧芸，吃饭吧，哥说。

我才不吃你家的饭，我劝你们尽早的把我放了，你们这是犯法。嫂子说。

嫂子将我托着的那些个汤饭一股脑儿地朝哥扔去，哥被溅了一身。

我和哥退回，重新将门上了锁。

看着被溅了一身的哥，爹非常恼怒，爹对哥说，你不会给她几耳光，让她尝尝你的厉害。

哥吐了吐舌头，哥向爹赔着小心地说，爹，我看把她放了吧，我怕闹出人命来，她已经三天禁食了。

爹蒲扇大的手啪地给了哥一耳光，爹生着气地说，你个孬种，你都二十五了，放了她，你上哪山找媳妇去，你这蔫拉吧唧的样子。

哥不再吱声，哥的样子长得丑，非一般的丑。

后天圆房，爹大手一挥，不再理哥。

后天，爹在祖宗神像前然起一对红蜡烛，又在锁嫂子的门上贴了个大红的喜子。

爹把钥匙拿给哥，爹说，过了今晚，她就是你的女人，再犟的女人

都会温顺下来。你小子，得给我争气点，爹给哥抻了抻衣角。

哥进到嫂子的屋里。

我的房间就在嫂子的隔壁，他们吵得我一夜不得安宁。

先是嫂子说，她说，大哥，饶了我吧，我在他乡早有人了呢，你得到我的人，却得不到我的心。

哥想是有些松动，我听见他开门的吱呀声。接着是爹把他推进去的声音，我还听见爹恨铁不成钢的声音，爹说，我咋生了你这个孬种儿子呀，我八千块呀，问谁要去。

重新回到嫂子房间的哥，不再温顺，我听见啪啪的耳光声，接下来是嫂子杀猪一样的哭声，那声应越听越小。

第二日，哥走出嫂子的房门，哥的脸上多了一种踌躇满志的神色，走路也特别的响。

哥要将那房门再锁上，爹说，不用，让她跑吧，跑了她都会回来。

我恨你们家，恨你们家所有的人。吃晚饭的时候，嫂子端起了碗，眼泪吧嗒吧嗒的落。

爹呵呵地笑。

哥也跟着傻笑。

第二年，嫂子为我家生下一白胖胖的女娃儿。

又一年，嫂子为这个家生下一个传宗接代的小子。

爹笑得牙都落了。

哥也笑，干什么都来劲。

嫂子呢，看着一对可爱的儿女，也笑，笑得像个熟透的大苹果，充溢着女人幸福的美。

哥逗嫂，你还恨我不，还恨我家人不。

恨，嫂子说，不过也没了当初那个劲。

那夜，我听见嫂子对哥说，这一辈子，就认命了，接下来的日子，得想法致富，不能老守着几亩不会下金蛋的薄田过日子。

第二日，便见哥和嫂收拾行装，说是回娘家。

大概月余，哥和嫂回来，同来的还有一个水灵灵的妹子。

嫂子说那是她表妹。

这表妹在我家住了几日，在一个深夜，被山那边的一户人家领走了。

以后的日子，便见嫂子十天半月的往她娘家跑，我家里的女孩儿也是换了一茬又一茬。

嫂子成了远近闻名的媒婆，方圆百里的凡是找不了媳妇的都来找她。

我家的房子也跟着的变，先是草房变瓦房，后来瓦房变砖房，再后来，变成了村里屈指可数的小洋楼。

我知道嫂子在干什么，我对她说，嫂子，你这是拐人卖，你不怕公安局哪天抓了你?

嫂子乜我一眼，嫂子说，看我兄弟都懂事了呢，我刚来那阵，你鼻子眼里还有鼻屎，这不，十年，成大人了呢。

我有点烦。

嫂子又说，看哪阵，我给大兄弟也找上一个，免费的。

嫂子怎的变得如此市侩，我不再管她的事，见着她，我都装着没看见。

嫂子还真的给我拐了个人来，嫂子点着我的头说，大学生，配你够了吧，你可别给我放跑了。

我喝过点墨水，我把那女孩放了。

那女孩回去便报了案。

嫂子锒铛入狱。

嫂子戴上手铐的时候，我在场，她的眼睛瞪我瞪得扭出水来……

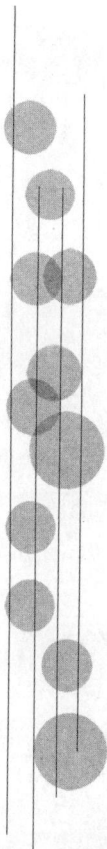

爱心人士

"蓝蓝的夜蓝蓝的梦……蓝蓝的梦幻轻轻升起来……"女人如痴如醉地听着歌曲的时候,男人进来了。

"死鬼,你昨天下午到哪里去了。"女人端起酒杯,抛一个媚眼,朝进来的男人嗲嗲地问。

男人"呵呵,呵呵",男人连续两个呵呵,在女人对面坐下,似还沉浸在喜悦中地说,"他妈的,他妈的,没想到,好玩啊,刺激啊,真新鲜,够耳目一新的。"

"你是不是又傍上了一个?"女人饮一口杯中的酒,面上明显地带着不悦。

男人就挨了上去:"小桃红,你说什么呢?老子说过的,老子只爱你一个了,以前的那些吗,包括那些'第一次'就给了我的,老子都感觉她们没有你有味道,你是老子嫖客生涯的终结了,呵呵!"

女人的脸上就有了笑容,给男人倒了一杯:"你谎我吧?你这种人,女人遇到你真是倒霉,晚上还和你同床共枕,天明你就换人了,你比西门庆还西门庆。"

男人将酒一饮而尽,"小桃红,我给你发誓,如果……"

"算了。"女人又给男人倒了一杯,"唉,我问你,你给我办的那事办得如何了?"

"小事一桩!小事一桩!"男人没拿酒杯的手漂亮地打了一个响指。

"你到底办了没有啊?"女人紧追着问。

"前天就办了,"男人说着,举起酒杯凑近了女人,"给你说了,你别乱说啊,我是黑白两道都玩,咱们市里那个叫日不落帝国的黑社会头子

就是我。"女人吃惊地看了看男人。"我制造了一起车祸帮你修理那小子，那小子的双腿在车轮下被来回地碾压，他这辈子休想爬得起来了，我让他娘的痛不欲生。"男人说完，就一阵开怀的笑。

"你下手也太重了点，我只要你给他点教训就行了。"女人呷一口酒，心里像有点"爱余恨"的样子。

"这算什么重?"男人将女人第二次倒的酒喝尽，一副无毒不丈夫的样子，"整人就要往死里整。原先我公司里的一名工人带头给我提加工资，我叫人在一个黑夜里把他那东西割了下来喂狗。还有个乡下老头，尿急了找不到厕所，他娘的跑什么地方不好，偏偏跑我公司墙角去洒，这是往我头上尿啊，别怪我不客气了。我叫保安把他喊了进去，要罚他一千块，老头吓得直求饶，我最后给他说，不罚款也行，你就憋两天的尿吧，老头就憋了两天的尿，后来听说回家后成了尿潴留。爽啊，他娘的，谁叫他跑我地盘上撒啊，欺我，得付出代价，呵呵！又有一个要饭的乞丐，老是在我公司门口转悠，保安给他说了多少遍他都不听，我就叫保安送饭给他，那乞丐吃了那饭，一个星期后就归西了，什么原因，我叫保安往饭里加了大量的巴豆，乞丐拉了一个星期的肚子，脱水，死了，呵呵。"

"你帮我修理那小子会不会东窗事发?"女人的脸上似有了某种忧虑。

"怕什么，"男人自倒了一杯酒，"我有那么多的光环罩着，市优秀企业家，市十大杰出青年，市有突出贡献的青年。"

女人的心就稳了稳。

男人又说，"再告诉你，市里的头头脑脑与我都有联系，他们用过我的钱，你知道我赌钱一晚上输过多少吗？说来你也许不相信，我一晚上输过一百万呢。"

女人禁不住地"哟"了一声。

男人就又说起来："你不知道吧？我们去澳门赌钱，那才叫赌，有次，我带了一千万过去，才十分钟就输光了，真他娘的赌城！"

女人又是惊讶地"哟"了一声。

男人接着说："其实赌钱也不算好玩，要侮辱人才好玩。"

"你说说。"女人显然来了兴趣。

男人就一副豪气地："我有个同学，他老是瞧不起我，说我是暴发户。有天，我就指着他开的那个三万多的车说，来，咱俩把各自的车开去跳崖，看先打死谁。结果那老同学当场气得吐血。他哪敢和我比呀，我的车是三百多万的，有气囊装置的。这就是钱，有钱就可以目空一切，可以随时拿人开涮！"

女人听到这里，面色就动了动："你有钱，你也是拿我开涮吧。"

"哪里呢？我是真心喜欢你。"男人将自倒的酒喝尽，就去揉女人。

"那你说，你昨天下午去哪了？"女人半推半就。

"呵呵，小乖乖，你还在这事上打转啊。"

"你给我说，你不说，我今天就没心情和你去开房了。"

"呵呵，我昨天下午去充当了一回爱心大使——捐款去了！"

"你那样狠的人也有爱心？"女人把男人推了推，充满狐疑。

男人就说："其实，做个爱心人士很简单。就说昨天吧，我给一帮贫困大学生捐了十万，那些个学生呀，感动得涕泪涟涟，他们喊我叔叔，给我保证要好好学习报效国家报效社会，不辜负我的期望，有些，还写了诗歌歌颂我……奶奶的啊，爱心就这样简单，换取赞扬就这样简单，十万元就买来了，呵呵！"

男人说完，就朝外喊了一声："服务生，结账，多少钱？"

在门外懵头懵脑的我突然醒悟，我三步跨作两步地"闯"了进去。

我与他们撞了个满怀。

"你小狗日的，瞎了你的狗眼啊。"男人劈面给了我一耳光。

我捂住流血的嘴，任眼泪如江河狂流。

我就是昨天接受捐款的那帮学子中的一员，昨天，我还为他满怀激情地写了诗……

他年我若为青帝

男孩是在陪父亲去办一件事的时候发下这个誓言的。

男孩家很穷，需要申请一笔救助。

"乡长，你看俺家的救助能不能解决？"男孩的父亲唯诺着给乡长说。

乡长剔着大金牙，脚翘在桌子上，乡长对男孩父亲的话爱理不理。

男孩当即就有点发怒了，这什么态度啊，还人民公仆呢！男孩想，要是哪天自己当了乡长的上级，马上就叫乡长下课，就凭那个对老百姓的态度，这个乡长就该滚蛋。

"乡长，咱家真的穷啊，要不是没办法了，咱也不会来给政府添麻烦。"男孩又看见父亲涎着笑地给乡长说。

乡长嗯的一声把脚从桌子上拿了下来，冲男孩的父亲说："你烦不烦啊，前次就给你说了的，一有指标来就给你家，你怎么老是往乡政府跑呢，是不是不相信政府啊？"

男孩的父亲就一阵的赔笑："我哪会不相信政府啊？只是，只是村里的王二狗们的救助都得了，他们可没我家穷噢！"

乡长就不说话了，手肘撑在办公桌上，不知看什么，就一个劲地出神。

男孩的父亲还想说什么，乡长就一挥手，"下班了，下班了，你下午来吧。"

男孩看那壁上的钟，男孩就愤怒了，才十点呢，怎么就下班了呢，这是故意推搪啊。

男孩说："还差两个钟头才下班呢，我们学校里的老师都是十二点才离校的。"

乡长就鼓一眼男孩，嗡着声音地说："我一个大乡长，是专为你家办事的啊？全乡的事，还等着我去办呢。"

男孩就顶起了嘴："我家的事也是全乡的所有事之一啊。"

乡长再鼓一眼男孩，大概觉得男孩是喝过点墨水的不好糊弄吧，就说："好吧，拿来签吧，今天，我就专为你家办一件事。"

男孩的父亲就拿出了申请，乡长就掏出笔在上面龙飞凤舞地签了字。

整个过程，只用了两分钟。

走出乡长的办公室，男孩就止不住地想，才两分钟的事，乡长就害爹跑了好几回，这是什么办事效率啊，他年我若为青帝，要坚决杜绝这种办事作风，狠剎这些让老百姓跑冤枉路的官僚，最少，得让他丢官。

拿到了乡长的签字，男孩就和他的父亲去找了管发救济的民政办人员。

"你们过两个星期来吧，这月的民政救济款刚发完。"管发民政款的人说。

"我们的，可是乡长签了字的。"男孩的父亲强调。

"乡长签了字的，也要有钱才能发啊。"民政办人员把那签字仔细看了看，然后递给了男孩的父亲。

男孩的父亲就无话可说了，是啊，谁签字，也得有钱才能发啊。

"你该不是故意刁难我们吧。"男孩望了望老实巴交的父亲，横插一杠子地说。

"你这孩子，看你年纪都不小了，有十六七岁了吧，你怎么说话还像个三岁的小孩子呀。"那人批评起男孩来。

"我，我，我就是怀疑。"男孩一笑，看那人说话的语气，不像是在撒谎。

"这种玩笑开不得。"那人教训男孩。

男孩就和父亲出了民政办的门，等吧，反正乡长签了字的，谁也赖不掉。

乡里有家小馆子，里面喷出了炒菜的香气，父子两个这才觉得肚子饿了。

父子两就进了那小馆子。

在那小馆子里，父子两遇见了他们村的李三牛。

李三牛问父子两进乡干什么？父子两就说明了来意。父亲还拿出了乡长的签字，然后惋惜地说，运气真差，刚好遇着救济款发放完了。

李三牛听完就一阵大笑：“不是我说你两父子呆，你父子俩要这个啊！”李三牛一边说，就一边地比划着回扣的样子。

父子两不相信，李三牛就说：“昨天，我家兄弟刚来领去，我兄弟看见的，那保险柜里还有好多好多的钱。”李三牛最后说：“当然，我兄弟能顺利领到那些钱，他是给了那个民政办人员两张老人头的回扣。”

男孩听完，就拉了父亲重新返回了民政办。

“给你们说了过两个星期才有钱。”那个人一边说的一边准备着下班。

“我们村里的李三牛家兄弟昨天才来领了钱，他亲眼看到的，你的保险柜里还有好多好多的钱。”男孩质疑起那个人来。

那个人一个愣怔，“钱，昨天下午就发完了，我不可能留着等你家吧。”

男孩的父亲就拉了拉男孩的衣脚，人家说得在理呀，不可能把钱留着等啊，领救济的人不少呢。

“我要去县里告你吃拿卡要。”男孩突然说。

那个人当即就吓傻了，乖乖地打开了保险柜。

男孩和他的父亲领到了钱。

走出民政办公室，男孩回望一眼庄严的乡政府办公大楼，就在心里长长地叹了一口气，一桩小事，却没想到这样费力啊！男孩一边走，他心里一番他年我若为青帝的决心就越来越大，男孩在心里狠狠地想，读书，苦读书，他年若为了官，扫尽一切不平的事，把这些给老百姓设障的，对老百姓吃拿卡要的贪官统统拿下，让他们回家种地去。

十五年后，男孩当了官。

男孩天天出入于觥筹交错间，投桃送抱的女人也不少。一天，有个人找到了男孩的办公室。

“乡长，你看俺家的低保能不能解决？”说话的人一脸唯诺。

男孩脚翘在桌子上，男孩对那人的话爱理不理。

那人再一脸赔笑地说：“乡长，咱家真的穷啊，要不是没办法了，咱

也不会来给政府添麻烦。"

男孩就嗯的一声把脚从桌子上拿了下来，冲那张赔着笑的脸说："你烦不烦啊，前次就给你说了的，一有指标来就给你家，你怎么老是往乡政府跑呢，是不是不相信政府啊？"

男孩，已经在觥筹交错中，声色犬马中忘记自己的誓言了。

局长的拐卖妇女罪

开发局的张局长做梦也没想到他会被指控犯有拐卖妇女罪。

那是一天，他正上着班，公安局来了电话。来电话的是他在公安局工作的老同学李警官，李警官在电话里声音有点沉重地说："老同学，下班后，你来趟公安局吧，有三个孩子写信控告你犯有有拐卖妇女罪。"

张局长听完老同学的电话，就哈哈一笑，说："老同学，今天是愚人节吧。"

"你还是来一趟吧，我们这有举报信。"张局长明显地感到老同学不像是开玩笑。

"老同学，不是我说你，你们公安局怎么那么好糊弄啊，随便有人写封举报信你们也相信，你们也不想想，我堂堂的一个大局长，会去拐卖妇女吗?"张局长在电话里嘲弄起老同学来，这公安局真是的，听风就是雨，也太幼稚了吧。

"你不来，别怪我们把这信捅到纪委去啊。"老同学放下了电话，措辞不容商量。

放下电话，张局长感到了事态的严重性，就算那举报信是空穴来风，可要捅到纪委，纪委也是要查一查的，这一查，还不知道会拖泥带水带出些什么来呢，现在哪个当官的屁股揩得干净啊。

张局长不待下班就奔了公安局。

在公安局里，老同学扔给张局长一封举报信，老同学对他说："按规定，我们是不应该泄露举报人的秘密的，可我想过了，这种泄露应该不是有太大的问题。"

张局长就看起那封举报信来，只见上面清一色的小楷书写着："尊敬

的警察叔叔，我们举报开发局的张局长拐卖了我们的妈妈，请你们一定要把他抓起来，判他十年八年都不为过。"张局长再看那落款，竟然还留得有名字："晨光小学六一班赵强，晨光小学五一班吴军，晨光小学五二班卢晓丽。"

看着这实名举报，张局长真晕了头，自己是什么时候犯下了这么大的罪过啊，这事要真是捅到了纪委，自己这局长还不早早下课。

"我想见见这三个孩子。"张局长给老同学说。

老同学想了想，说："好吧，让你见见他们也无妨。"

第二天是个星期六。

在老同学的陪同下，张局长先去了举报信上的第一家赵强家。在赵强家，张局长刚说完"我是开发局的张局长，请问小同学你为什么要举报我拐卖你妈妈"的话，赵强就一个劲地把他往外推，嘴里还愤怒地说着，"你个大坏蛋，你十恶不赦的大坏蛋，我家不欢迎你，永远都不欢迎你。"

吃了闭门羹，张局长尴尬地到了举报信上的第二家吴军家。同样的话语说完，吴军就跑进了厨房，一小会儿，小家伙拿着把刀跑了出来，不由分说地就直朝张局长刺。老同学拉住了吴军，张局长脸上挂不住地退了出去。

再去了第三家卢晓丽家。进门，张局长就听到了哭泣声，"妈妈，妈妈，你什么时候回家来啊，你真的不要你的乖囡囡丽丽了吗？"

张局长还想把问过的话再问一遍，老同学也拉了他，"走吧。"

走出门，张局长问老同学："你为什么不让我问个明白啊？"

老同学一脸义正词严地说："我看到孩子没有妈妈的可怜状，我就想哭。"说完，老同学又有点发狠地冲李局长说，"都是你小子害的。"

"他们没有妈妈，关我什么事啊？"张局长感到委屈之极，他妈的，真是倒大霉了。

老同学一把揪住了张局长的衣领："你是真不明白还是假不明白？"

张局长挣脱了老同学的手："我真不明白。我不知道你有什么目的，竟然地把这些脏水往我身上泼。"

"你认识赵美娜、石秀美，唐风婷吧。"老同学嗡着声音说。

"认识！这三个人是我单位的职工，可她们都好好的啊，今天早上还签到呢！"张局长一脸的充分的理由。

"这三个女人就是这三个孩子的妈妈，你小子，你经常以出差为名带着这三个女人出去浪漫，害得人家家庭不和，现在都在闹离婚呢。你说你这不是拐卖罪是什么？"老同学怒火只差没扇到张局长脸上地说。

张局长的脸上顿时白一阵黄一阵……

看我敲诈

首先声明，俺不是什么好角色，俺是歌厅里的一个小姐，卖肉的。

一天，一个看上去还有点姿色的女人找到俺，她给俺说，你叫小情吧。我说是。她说，交给你一件差使。我问什么差使？她说，你去勾引我老公，看他上不上钩。她说完，就给了我一张她老公的照片。然后她告诉了我他老公的一些活动规律，她说她老公很爱去一个叫"幻之梦"的酒吧喝酒，她提醒我可以到那个地方去认识她老公。勾引男人，这还不是俺本事，但俺岂能给她白干，俺装作很为难的样子，这个，这个……她很快地就明白了俺的意思，她打开她玲珑的小包，她从包里扯出一沓钱：这是你的报酬，你得使出你的浑身解数，也就是说你得把你狐媚的本事都使出来，让他上钩。我连连地点头，是！是！我数那些钱，天，有五千之多，够我"卖"上两个月的。

那个看上去很正统的男人很快地就着了我的道。幻之梦酒吧，蓝色的多瑙河轻快地流淌。我打扮一新，装作很淑女的样子在一个靠近门的角落里静静地举着高脚酒杯喝酒。那个男人想必是酒喝够了吧，他起身，经过我的面前。在他就要跨出门的时候，我玉齿轻启，很淑女地给他说，先生，你的纸巾掉了。是吗？他停了下来，我弯腰拣起一包纸巾递给他。我们就这样认识了，之后，我们就一起喝酒，你说男人贱不贱呀？这晚，他就给我来了电话，他在电话中说，你举着高脚酒杯喝酒的动作好优雅呀，颇具上流女士的风采，他还说，你弯腰拣拾纸巾的动作好让人尤怜，他最后说到了我的手，他说我的手好白，用纤纤玉指来形容一点都不为过。听着他肉麻的吹捧，我真有点为那个给了我五千元的女士难过，还

叫我要使出浑身解数呢，还叫我要极尽狐媚之本事呢，我只稍微的使出了一招掉纸巾，那个男人就上钩了！

我们很快地就上床了。床上，男人对我极尽献媚之本事，他说我是他遇到的最有味道的一个女人，他还说，他这是第一次和别的女人上床。听着他的话，我就有点可怜起他来，都什么年代了啊，才第一次吃野味。他告诉我，女人管他不是一般的管得紧，每天必对他进行三问：你老婆还漂亮吗？你心里有没有其他的女人？你以前说爱老婆的话是不是假话？他说，在老婆的"严刑逼问"下，他感到活得很窝囊，感到像在偷偷做人，所以，就经常地在酒吧里买醉。

这个男人确实可怜，但我不能被他的可怜给感化了，我得实行我的下一步了，哎，谁叫我是同钱一天生的呢，不为钱，我做这卖肉的生意干什么？看男人惬意地躺在了床上，我就下了床，穿好衣裤，我就摇醒了他，我给他说，对不起了，我是受你老婆的指使来勾引你的，你老婆想看看你对她忠不忠，想看看你有没有花心，是不是吃着锅里的想着碗里的。

这个可怜的男人一下地从床上爬起，他狐疑地看着我，不会吧，你这样优雅，这样淑的女人怎会干受聘于人的事呢？我告诉他，我是歌厅里的小姐，只要有人肯出钱，我什么事情都干。他还是不相信，我就拿出了一个摄像机，对不起，刚才我们的一切都记录在上面了。坏了，坏了，我看见他急得像热窝上的蚂蚁。我再进一步地紧逼他，要不要我把摄象机上的事给你老婆汇报呀？他说，不要，不要，咱不能因为这事闹了离婚啊。我启发他，你老婆可给我了五千元。他一狠劲，给你八千，你把摄象机上的东西全格式化。我说，行，见钞票，我就当着你的面销毁。第二天，男人就给了我八千。各位，这钱也来得太容易了吧，呵呵！

第三天，俺稍作一番的修饰，俺不能让女人看出俺的心慌来啊，俺可是睁着眼睛说瞎话啊。俺见着了那个女人，我给她小心翼翼地说，大姐，任务完成了。女人问我，你把他勾上床了吗？我努力地静了静心，大姐，你的先生是个好先生啊，我裤子都脱了，可他就是不上钩，以我的姿色，很少有不为所动的男人啊，可你男人，是个特别啊，我都怀疑

我是不是人老珠黄该退休了。我看见女人的脸上浮过一层沾沾自喜，之后，她又甩给我一沓钱，感谢你报告的好消息！

望着女人如风般离去的身影，我数那钱，天，又是五千，这钱也真的太好挣了吧！

官场商机

那天，三狗，四牛，五春正在广场上闲得找不着事做晒太阳。

来了一个漂亮的女人，那个漂亮的女人在三人面前停下，就盯着三人一个劲地看了起来。

三狗就耸耸四牛和五春："看你两呢，你两交桃花运了。"

四牛和五春就笑："你别瞎说，人家是找人干活呢。"

那个漂亮女人看一阵，就问："你们仨有文化没有？"

三狗急忙带头说："有！我们都是在老家读完初中的，十五年前的初中生，不比现在满地都是的高中生差吧。"

漂亮女人就满意地点了点头，说："你们跟我来吧。"

三人就跟了漂亮女人去。

漂亮女人把三人带到了一个时髦服装店，说："你们仨自己挑件合身的衣服吧，要穿起来精神。"

三人一卜傻了眼，这个女人脑筋有问题吧，竟然要买衣服给他们穿？

漂亮女人见三人发愣，就说："愣什么愣，你们尽管穿上就得了"。

"你别坑我们啊？"三狗带头说。

"你们三个大男人，我一个弱女了，我能坑你们吗？"漂亮女人说。

三人就挑衣服。衣服都是些牌子货，有些，高达两千元一件。

穿上高档衣服，对着穿衣镜，三人都不敢看自己了，人靠衣装，佛靠金装，三人要说有多精神就有多精神，尤其是那个三狗，肚皮天生的大，在笔挺衣服的装饰下，活脱脱一副官相。

接下来，女人就拿出了一个本本。女人指着大腹便便的三狗说，你的身份是赵镇长，说着，女人就从那个本本上撕下一张给了三狗。三狗

看了看张纸，只见上面写着：李局长啊，要不是你当年的提拔，我哪能下到青山镇去当站长？不到青山镇去当站长，我又怎么能在那熬上镇长？三狗伸过头去看四牛和五春分得的纸，只见四牛那张上写着：李局长啊，要不是当年你的重用，我现在怎么能在县委当主任，从某种意义上说，我这主任，是你培养的啊。再看五春那张，上面写着：李局长啊，我不知道该怎么感谢你？要不是十年前你把俺调上来，俺现在哪有机会当局办公室主任？俺感谢你啊，俺记你一辈子，不，应该是几辈子，包括俺的儿子，儿子的儿子，俺都要他记得，永远的记得！

三人看着这些莫名其妙的话语，心里就一阵阵地打抖，这漂亮女人别不是要咱去冒充领导吧？

漂亮女人见三人看完，说："你们演一遍给我看。"

"你别坑我们啊，冒充领导要犯法的。"三狗带头脱衣服。

漂亮女人一笑："放心吧，你们犯法，我也走不脱。"漂亮女人说着，拿出身份证。三人就接了看，女人有一个很好听的名字，叫柳丝丝，看她的住址，就离他们租住的地方不远。三狗还多了个心眼，把身份证号码也记下了。

三人就演，演得很投入，三人想，也许这漂亮女人是个导演呢，是来选演员吧，要真上了电视或电影，那是多美的事啊。

演了一阵，漂亮女人说："你们演得不错，跟我走吧。"

漂亮女人在前面走，三人跟在后面，喜沾沾的，今天开洋荤了，穿高档衣服，还要上镜头。

漂亮女人把三人带到了一个医院里。三人都犯糊涂了，这是来演戏吗？

在一个单独的病房前，漂亮女人脚步停了下来，漂亮女人说："你们三个记住你们的身份，把刚才你们演的重复一遍，注意，要热情哟。"

三人就进去——

只见病床上躺着一个老头。

三人把那些话重新说了一遍。

病床上躺着的老头一下立了起来，脸笑得就像要淌下来似的给三人拿出了一些高档的饮品。

三人更是喜上天了，今天这是怎么了啊，连高档饮品都喝上了，这些饮品，平时里就只能在那些高不可及的高档柜台里隔着玻璃看个眼馋了。

三人喝着饮品的时候，漂亮女人也就进来了。

漂亮女人冲老头说："爹呀，你不是老唠叨没人来看你吗？你看吧，赵镇长，李主任，刘主任他们不是来了吗？"

老头就一阵地点头。

"很配合"地演完这出戏，三人走出了病房。

在那个试衣服的地方，三人脱下了衣服，漂亮女人每人给了两百。

临走，三狗不自觉地问漂亮女人："你就不怕你爹认出我们不是赵镇长、李主任、刘主任吗？"

漂亮女人说："我注意你们很久了，你们的长相跟我爹一手提拔起来的赵镇长，李主任，刘主任几乎一个样。"

漂亮女人最后有点激愤地说："那些个鸟，我爹还没下台的时候，他们恨不得舔我爹的脚趾，我爹一下台，生病住院了，他们也不来看一眼。"

三人顿时明白了今天冒充的原委。

后来，机灵的三狗专门办了一个这样的"官场关怀"公司，三年不到，三狗便甩掉了打工的帽子，开上了五十多万的奥迪。

横亘在心中的刀

他是发了誓永远不见她的。

她是他的老婆，她曾经把他弄得抬不起头来，让他声名狼藉。

他是一个成功的人士，才四十岁的他，就拥有三家颇具规模企业百分之五十的股份。

他几乎天天在天上飞，有时还坐了火车坐汽车往乡下考察。

他在家的时间很少，少得可怜又可怜，大禹治水三过家门而不入，他可以说，五过家门，十过家门而不入了。

问题就出在这里：他有一个年轻的妻子，妻子不仅年轻，而且漂亮。

他是在出一次差回来的时候听说那事的。

他回来，就听到他公司里的人议论："嗨，别看他在外人模人样的了不起，谁个知道，谁个知道，他却喝别人的洗脚水呢。"

又有人接下去的说："可惜他那副行头了，模样不错的人呀，而且还是成功人士，哎！"

接下来又有人说："那婆娘应该知足了，嫁了这样的男人，要多帅气就有多帅气，而且人家还是成功人士，这样的人，打起灯笼也难找啊！可，可，人心就是不知足，吃着碗里的，还看着锅里的，嗨，人呀人，高深的人，捉摸不透的人！"

听着公司里员工们的私下议论，他预感到了妻子在他长期不归家的日子里一定做了对不起他的事。

他回到家里就一把把妻子拧了起来问。

妻子在他面前老实交代，妻子在他面前痛哭流涕。

妻子还跪着求他原谅她一时的感情失控，妻子求完哭完，就拿头去

碰雪白的墙壁。

雪白的墙壁上留下妻子的斑斑血迹——

他无动于衷，他实在原谅不了妻子的这次错误，他情愿损失一个公司，他也不愿意看到这样的丑事发生在他身上！

他最后和妻子离了婚。

离婚那天，天气很不好，一阵一阵地雨下个不停。他们办好了手续，走出法院大门，雨，比先前还大，大有暴雨欲来的态势，风呢，也一阵紧似一阵的吹。路上的出租车呀，每一辆，都是那样的匆忙，停下就满，停下就满，人们坐出租车，挤出租车都疯了。他在车里看见，他的妻子，他原先的妻子，挤了几回，都因为身体娇小的原因让别人先挤了上去。雨帘织成一张大布，他在雨中发动车子，在他车子启动的一瞬间，他模模糊糊地看见了一张期望的脸，还有一双亮晶晶的雨水混合着泪水的眼，不用说，他很快就感觉到了那脸是谁的，那眼是谁的。他有过一丝稍纵即逝的留恋，毕竟一起生活过了将近十年，而且还是爱过的那种，真爱的那种。"让她去后悔吧，鬼女人，死女人，生在福中不知福的女人，弄得男人十分尴尬得在别人面前抬不起头来的女人……"他轰的一声加大了油门，车子一个大调身，溅起一阵如烟如雾的波涛飞驰而去……

以后，他就没再与女人见面。女人来找过他几回，他都叫秘书给打发了，他对秘书说，如果你放那个女人进来，你就离下课的日子不远了。

再次见到女人的时候，也是五年后的事情了。

那天的空气很好，天上的几朵云忽悠忽悠地飘着，窗台上的花开得很灿烂，几只蝴蝶，花前花后的飞。

一切，都有一种余音绕梁的效果。

女人就躺在他的怀里。

她的面容和大好的春光也搭配不起来，是那样的苍白，人呢，比原先还娇小，这个时候的娇小也没有惹人怜的那种娇小可爱了，像棵已经死亡了小树。

女人已经患上了绝症，她的生命如风中之烛，风只要轻轻的一吹，就灭了！

女人的脸上灿出一丝的笑容，女人摩挲着他厚实的手，女人徜徉在

一种幸福中，女人说，我想起了好多好多的事，譬如我们第一次认识，譬如一个寒冷的冬天你为我披上风雪大衣……

他说恩，他附和着地点头。

女人最后说："我这一辈子，遇到你这样一个宽容的男人真好，在我出轨了的时候，你还不计前嫌地来送我一程，我知足了，我感觉到做你的爱人真好，真的，我说的是真话，做你的爱人真好！"

女人说完，手就垂了下去。

他一下地矮蹲在地上啜泣起来，肩膀一耸一耸的，看上去非常的悲伤。他还为她哭，原来，他的心中一直存有她生活过的痕迹，只不过是心中横亘了一把难以逾越的刀。

就在昨天，他都还在在心里拧死劲要不要来看女人，是孩子跪在地上央求了他九九八十一遍他才来的。

地炮手的春天

地炮手，在我们农村，就是那种每逢丧事专给人家放地炮的人。地炮，是一种铁制的有三十厘米高半径略为三厘米的圆柱，地炮手的任务，就是往那圆柱的细孔中注入火药，然后把那些火药捣紧，再然后就是点火，轰的一声，那声音震耳欲聋。

李四就是我们乡里有名的地炮手。

地炮手在我们农村里的地位是很低的，这职业脏，而且危险，有"前途"的人一般都不屑干这种事情，长期的形成，地炮手成了好吃懒做的人的专职，农村里有句话，"不想种庄稼，也不想外出去打工，就做地炮手去，大钱没有，吃饱肚子是没问题的。"

李四就是此类人！

在我的记忆中，李四放地炮已经有好些年头了，我还背着书包上小学的时候就跟着他屁股跑过。

那时候的我们，最愿意看他放地炮了，他对地炮的专注，在今天来说，可以用"敬业"一词来称颂。他给我们一帮小孩子说："往地炮中注入火药，要慢慢的放，不能一股脑儿地一下全放进去，放猛了，空气会在火药中形成气泡，点火的时候，声音就不响亮，有些时候，还会形成哑炮。"我们不信，他就叫我们自己做几炮试试，我们把火药一个劲地注入地炮的细孔中，然后就用烧红的铁条隔得远远地点，结果只听到砰的一声，就像气枪打出的子弹声。这个时候，他就给我们卖起乖来，"老子说得没错吧，你们要想放得地动山摇，得像我那样做。"他说这话的时候，我们只看见他的两个黑眼珠在动，放炮的活真的太脏了啊，他的脸上几乎就被那些火药给弄黑了，跟刚出煤洞的工人差不多。

李四最绝的是放连珠炮，一连串的地炮注入火药后，他用不着一个挨一个地去点，他只需要点燃其中一个，其它的就跟着响了。他这手绝活，我们没学会，乡里的其他几个地炮手也没学会。

二叔死的那年，请他做地炮手。

父亲带着我去请他。

我第一次窥见了他住的那个地方，那是一个什么住处哟，就一破棚子，抬头能够看见天，四面来风，人在屋里冷得瑟瑟发抖。

回家的路上，我止不住地问父亲："他是有名的地炮手哟！怎么住这样一个地方？"

父亲抹抹我的头，父亲说："也只有你们小孩子才把他当英雄了，在乡里，谁瞧得起他们这些好吃懒做的人。"

父亲最后告诉我："小子，别学他，别以这些好吃懒做的人做榜样，否则，你将穷一辈子。"

当时，我似懂没懂。

但以后，我就不自然地隔他远了些，"有名的地炮手"和他境遇的反差，多多少少地在我心里留下了些印迹，看来，地炮手这职业还是有些不值钱的。

他看见我，他还是喊我的，他摆动一双脏兮兮的大手朝我招呼："小子，来，我教你放连珠炮。"

我老远回他："不了，我爹叫我不要学你。"

他就恶狠狠地冲我说："你爹没屁眼！"

我读初三那年，他结婚了，老婆是一个外地流浪到我们这里来的傻女人。乡里的人那些天都在说，"女人是傻了些，但配他也绰绰有余。"

初三毕业，我家搬进了城。

再后来，一直到参加工作，有十年的时间了吧，我都没回过老家。

念及童年的事，我就想起了他——他放地炮那轰的一声响清晰地印在了我的脑际！

老家来人，我就问起了他。

"你说的是那个放地炮的李四吧，人家现在也是鸟枪换炮了。"老家的人说。

我说："他放地炮放发财了不是？"

"就那几炮能发啥财啊？"老家的人一声感叹。

"那怎么鸟枪换炮？"我心里狐疑开了。

"就只知道他坐了两年的牢，出来后，人家就鸟枪换炮，房子有了，新家具有了，电视机还是什么超薄那种。"

"他现在还放炮吗？"我又问。

"放呀，比原先还放得欢！"

感叹江河宇宙变化之快物事人非的时候，我有机会回乡看到了他。

由于小时候是他的粉丝，他一眼认出了我，非拉着我到他家做客不可。

真的如老家人所说，一切都鸟枪换炮了，房子高高的，屋里装饰一新……

我问他是怎么发财的？

他两杯酒下肚，神神秘秘地凑在我耳边说，"给你说了，你可别乱说。"

我说是。

他就说："前几年乡里新修了一栋住宿楼，由于当中贪污贿赂太多，工程质量严重滑坡，后来房子倒了。"

"房子倒了关你什么事？"我问他。

他润润嗓："领导们给了我20万，要我给有关方面承认房子是我放炮震倒的。"

我有点惊愕，天底下还有这样发财的事？

一个孩子从我面前跑过，他一把抓住那孩子，呵呵地说："这是我儿子，我也要教他放炮，放炮在我手里放出了钱，到我儿子手里，说不定能放出个官来呢。"

握住他的手，我以一种难以言表的感情对他说："祝贺你，祝贺你放炮赶上了好时代。

滚滚红尘里的一段爱恋

他是怀着忐忑不安的心情和那个女孩交往的。

他有妻子，他的妻子也很温柔，也很漂亮。

他有儿子，儿子长得挺像他，小家伙虽然才五岁，却也学会了搞笑，遇到有人说父子俩个是一个模子印出来的时候，小家伙就捣蛋地说，俺爹是老大，俺是老二。

和那个女孩交往，他一直保持着距离，他们亲吻，他们搂抱，卿卿我我。可是到了关键时刻，他总是将底线守了又守。女孩企企地望着他，满眼里尽是那种欲望和冲动，他却一下急刹车似的停了下来，之后，他便在女孩满是幽怨的眼色中毫不客气地离开。

他可不想因一次婚外恋就把家庭毁了，尤其是他的这种家庭，妻子温柔贤淑，儿子甚是可爱，一家人，幸幸福福，和和美美。更重要的，他还爱他的妻子，没有必要为一次婚外恋就把妻子给抛了——尽管他也知道那个女孩是真心爱他的，他呢，也是有点喜欢那个女孩的，唉，一切都是天注定，要怪，就只有怪造物弄人，怪老天乱点鸳鸯谱，没有早一点的认识这个女孩，让妻子走在前面了！

那个女孩，那个清秀的女孩，在每一回最关键的时候见他那么的急刹车，就似乎觉察出了他的心事。

又是一次急刹车后，他想走，女孩嘤嘤地哭，哭得非常伤心，肩膀一耸一耸的，耸得特别厉害。

"我们，还是分手吧。"他对哭着的女孩说，他只觉得自个声音有点哽咽，一个女孩，一个冰清玉洁的女孩，愿将自己最宝贵的东西捧出来献给一个有家室的男人，这个女孩，是多么的爱这个男人！

"哥，你多虑了，我和你，我只求爱过，你放心，我不会的，不会像某些人的，有了那种事，就要想着和人家打拢在一起，逼迫人家不情愿地离婚。"女孩抹了抹泪，对他一笑，止住了哭声地说。

"你说的话当真？我是一个只求爱无结果的人，我，我，可不想因为一场婚外恋而闹得家庭分裂。"他说，结着巴地说，说完，他都觉得自己有点厚颜无耻了，这样的话，竟然对一个愿意将一切捧给他的深爱他的女孩说得出口，当真是天下的男人死绝了，当真是女孩找不着爱她的男人了！

女孩将了将刚才由于他们卿卿我我而有点乱了的头发一把，又冲他挺那个一笑的："哥，你别忘了，我是现代女孩，现代女孩只讲爱过，她追求的只是对她心仪男人的彻底释放，其他的，她是不会去考虑的，也不会去考虑的。"

听着女孩直白的话，看着女孩梨花带雨娇艳的面容，以及女孩充满青春散发迷人气息的身体，他心动了。

他和女孩坦然交往起来。

女孩，恪守着当初的誓言，没有打破他家庭的一丝宁静——女孩对他，只有奉献，没有索取。

妻子呢，什么也没察觉，一切，他都做得干净利落，做得滴水不漏，不留蛛丝马迹。

他就这样游走徜徉于两个女人之间。

窗外的芍药花已开了，还有水仙什么的，已一一的开了，一朵比一朵还开得艳丽，一朵比一朵还含苞欲放。

他坐于窗前，他想想女孩，想想那个只求奉献不求索取的女孩，又想想妻子，想想妻子的温文尔雅，温柔娴熟，他觉得，自己是世上最幸福的人，家里一个，家外一个，她们是那样和谐。

打破这种和谐，让他那么心惊胆战，是那个女孩，那个女孩在一天他们完事后，花容失色地告诉他："哥，我怀孕了，你说该怎么办？"

"我们不是每回都避着那个时间吗？"他吃惊地问。

"我也不知道？"女孩就一个劲地哭。

看着女孩抽噎的肩膀，他感觉到，一切该来的就要来了，女孩，她

最终还是违背了她的诺言，最终，还是没有遵守她所说的只求爱过。

得赶快结束这场温柔的战争，这场温柔战争蔓延下去的结果，他是最不愿看到，也不希望看到的。

"把这孩子拿掉吧，结束我们之间这不可能的爱情。"他对抽噎的女孩说。

女孩抬头，泪眼婆娑中，"哥，我会遵守诺言的，我不会破坏你家庭的，我自己酿的苦酒，我自个尝。"

他给了女孩一笔钱，一为结束那个不该存在的孩子，二为对女孩那段感情的补偿。

结束那个不该存在的孩子的钱，女孩是收下了，可对女孩那段感情补偿的钱，女孩却怎么也不肯收下，她对他说，你把我看成什么了，我和你，是真爱的，一切都是自愿的，既然是自愿的，就别提什么赔偿不赔偿，那会玷污了你和我这一段纯纯洁洁的感情。

他凝望远处的山，山沉默；他凝视脚下流水潺潺的小河，水无语。他不知的，该怎样的说？

女孩收下了消灭那个不该存在的孩子的钱后，就从他眼中消失了，而且不是一刻的消失——他在这个城市中，再也没遇到那个女孩了，想探探她的消息，譬如她是不是找着了一个心仪的人，都没有线索！

有了女孩的消息，是五年以后，女孩从一个很远的地方给他寄来了一张照片和一封信，女孩在信中说：哥，原谅我，原谅我将当初那个意外怀上的孩子留了下来——这实在是我太爱你的缘故，我实在不想就让我们爱情的见证就那么地被消灭了！——你看看照片吧，这小家伙多像你，那眉，那眼，简直就是你的翻版！——你大可不必担心，我当初说过不会破坏你家庭的，今天仍然是这样。请你别找我，请你别打扰我，你即使想找我也是找不着的，我现在居住的这个城市，连我家里人都不知道。——最后，祝你和嫂子幸福，也祝我的那该是十岁了的小侄儿幸福！

他捏着信和那张照片，他的眼里滚出泪来，当初，只求爱无结果，可如今，心却要随风漂流了……